JN108571

知ってほしい
相方《しょうがい》さんと
日曜日が嫌いな
私のこと

山本敦美

まえがき

コロナウイルスが感染拡大する前と、お家時間が増えてからの出来事を書いています。

私は身体障がい者（生まれつき）で、夫は健常者です。私の相方（障がいが私にとっての相方です）のこと、独身時代の日常や、父・母・長兄・次兄・友達・彼氏とのエピソードと、結婚してからの日常、息子が（隆誠といいます）他界した（二〇一九年）後の私自身の心境をまとめました。

息子が逝ってからは、夫と二人、寂しさも後悔も抱えながら過ごしてきました。私は日曜の夜が悲しくなり、悲しくなるから日曜が嫌いなのにすぐ日曜日がきてしまうわけです。夕方四時くらいになるとため息が増え、私だけ日曜日が八時間くらいに短く感じて仕方ありません。「大丈夫、土曜日はまたくるよ」と夫にいつも言われます。

号泣する日もあれば、息子との楽しかったことを思い出して笑い合う日もあります。

泣いたり怒ったり、自ら〝笑い〟を生む感情が忙しい私と、掃除が苦手でカウンターテーブルが驚異的な速さで散らかるけど、時に私が思いつかなかった宇宙人的な発想で、前向きにさせてくれる夫。

自分自身が楽しく暮らすことも大切だけど、私の周りの障がいを持つ人のためにも、暮らしやすく、より良い街にしたい。親になって、ものの見方が少しずつ変わっていきました。「りゅうちゃんも、そう思うよね」と。福祉の会議や勉強会に息子を連れて行ったこともありました。亡くなった直後は話すと涙声になっていましたが、するべきことや、したいことがあるとそれが原動力になるのだと思います。


障がいを持つ人たちの困り事について考えたり、原稿を書く、推し活をする、食べる、人と話す、読書する、急に思い立って片付けと掃除をする（毎日は苦手です）料理する、映画を見る、家の周りを散歩してみる……。色々なことをして一日が早く過ぎていきます。

寂しくて急に泣いたりしますが、それでいいと思って過ごしています。

「こういう人もいるんだね」と思ったり「分かる、分かる」と共感できることもあるかもしれません。

悲しみや大変さを乗り越えるのではなく、受け入れて共に日々を過ごせばいいのかな？と私は思っています。

✤　まえがき

前作の『ママになりたい……私の夢でした』では私の生い立ちと息子のことを中心に書きましたが、本書は、障がい者あるある、健常な人たちに対して疑問に思うことや、夫婦のほのぼの？エピソードなどたくさん書きましたので、ぜひ笑ったり、考えたり、想像してみてください。

目次

まえがき ☘ 1
外出先のあれやこれや ☘ 5
かるた風エピソード ☘ 33
脳性まひって何なの？〜私の場合〜 ☘ 219
あとがき ☘ 242

外出先のあれやこれや

車（福祉車両）を運転し外出しています。

もし「何で？」と思われましたら、
後半の、脳性まひって何なの？ ～私の場合～を読んでください。

場所ごとにまとめました。
ハプニングも笑っちゃうことがありますよ♫
工夫したりサポートしてもらったり、行く先々でいろいろなことがあります。

外出 ～食品の買い出し～

・ネットで食品を含めた日用品を購入していた時期もあります。
・ときどき、車を運転してスーパーマーケットに行く（一人暮らしの頃は、仕事帰りに買い出しに寄っていました）。

私は動きが遅く時間が掛かるため、コロナ禍になってからは夫が買い出しに行ってくれています。

私一人で行くと……。

「すみませ〜ん、取ってほしいものがあるんですけど……」

……。（一回で気づいてもらえないこともあります）

『あぁ行っちゃったぁ……』

誰も近くにいなくて人を探しに行くことも。それが自走（手動車いす）の頃はヘトヘトなときがありました。

「すみません、とってほしいものがあるんですけど……」

「はい、どれですか」

〜商品がある場所までまた戻る私〜

・買い物かごだけなら、膝の上に乗りますが、商品が入った状態ではすごく動きにくい。
・車イスに装着するカートがあり、そこにかごを乗せるというもの

私はエコバッグを膝の上で広げ、そこに入れていきます。程度によりますが商品が入っている方がバッグが安定します。とはいえ、お酢のような瓶だとぐらつきますね。ばら売りのトマトが転がってしまったこともあります。

このカートは、どこにでもあるわけではありません。

・店員さんだと「ここでお待ちくださいい、何種類か持ってきますので」と言っていただけることも。
店員さんって近くにそんなにはいないんですよね。

食品に限らず、大型ショッピングモールは移動距離が長いので体力を消耗します。買い物して終わりではない。もしトイレも行きたかったら疲れるし、運転する前（リフト操作・扉が重い・シートに座る動作）にすべきことも多いので二十代でも立ち寄るのは二か所（行き帰りで数えると計四回）までなら大丈夫でした。三ヵ所ある日には……もう、帰ってからはお風呂もやめて寝てました。

三十代後半（産後）には、ヘトヘトで帰宅し着替えもできないくらいになりました。

話が逸れましたが……。

「どれにしますか？」

「見たいので取ってもらってもいいですか？」

「あ、はい」

「これで……」

「はい」

「ありがとうございます」

〝ちょっと頑張れば、できるよ〟というときは……（下記をご覧ください）。


私の場合は産後からできなくなりました。産んでなくても、きつくなってきていたでしょう……。

膝の上のエコバッグに

取りたいものの陳列棚の前に車イスを寄せる

膝の上にあると不可能なので一旦下ろす

半分以上、腕力だけどつかまって立つ。片手で支えて取る（数秒でつかめると判断しても、取れなかったことはあったと思います。後々のこともあるので２回目はしません。もし、この瞬間に声を掛けられたらびっくりして転びます）

入る＝膝の上にあっても落とさず、車イスがこげる量です。

それ以上は買いません。買えません。

レジ（フルサービス）に並ぶ

財布からお金を出す

まず紙幣、次に硬貨……硬貨がつかみにくいんです。後ろにお客さんがいると焦ります。

その時にいなくても『きちゃうかも？』と焦ってます。

「ちょっと待ってくださいね、今いくらありますか？」

● エコバッグの中身を必死になって出しながら順番を待つ（前にいるお客さんのものと混ざらないように注意しながら）

● 「ここに入れてください」とお願いする

「××円あります、あと××円ですね」
「お願いします」（私、疲れてます）
商品が入ったエコバッグを縛って、私の膝の上に載せてもらいます。
店員さんと後ろのお客さんにお礼を言い駐車場に向かいます。

外出　～ドラッグストア～

ドラッグストアで買うトイレットペーパー十八ロールや、箱ティッシュ、尿パットなどは店員さんが車まで運んでくださることもありました。

「車イスを積んでください」までは何となく言いにくいのでお礼を言い、車イスを積み帰路につきます。

（雨だったら、食料品だけにしてあとは諦めるか、車イスの積み下ろしをお願いすることもありました）

外出 〜ATM〜

ショッピングモールの中にあるATMは並んでいることが多いですね。手こずったら諦めて最後尾に並び直したこともあります。

通帳記入もしたい……。順番がきてから通帳を捲るのは焦るので、ココからと付箋みたいに挟んでいるときもあります。

もっと焦るのは、払い込みがあるときです。工程が多いですからね。

角度的に見にくい……。コンビニATMは(頻度は少ないですが)更に位置が高いです。長財布の角でタッチパネルを押してます。

車イスに乗っていると、子どもと変わらない座高なので後ろにもし人がいたら見られそうで……。

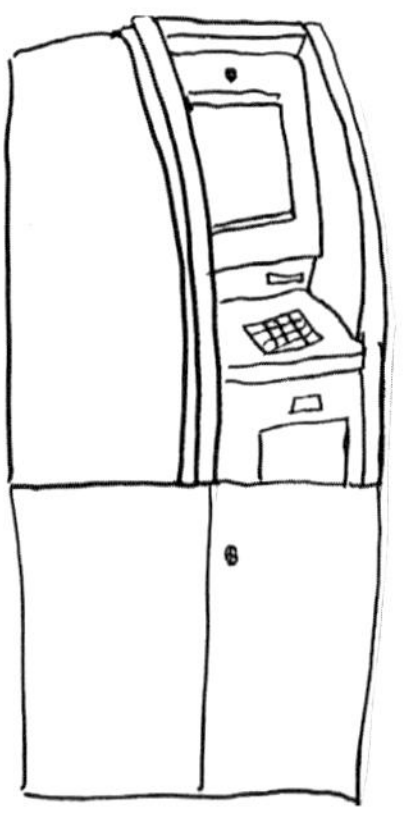

✤ 外出先のあれやこれや

外出　～ガソリンスタンド～

現在は夫が外出したときにセルフのガソリンスタンドで入れてくれています。

セルフのスタンドが多いんですよね……。フルサービスのスタンドがどんどん廃業してしまうんです。価格が高騰したことにより継続することが難しく～というチラシを受け取った所もありました。

- スタッフの方にその場で、事情を説明してお願いする
(ちょっと緊張してます)
- スタッフの方が近くにいない場合は給油しているお客さんにお願いする
(緊張してます、勇気が要ります)

フルサービスのスタンドは数が少ないので、遠くまで行くことになるわけです。

給油ランプが点きはじめるとドキドキです。怖い怖い。分かっているけれどセルフに入るしかなく……。

一人暮らしだった頃、自宅から二百メートルくらいのところにセルフのスタンドがあって父親に付き添ってもらい、〝自力で給油できるかどうか？〟試しに行ったんです。

そしたら……。

●車を横づけする⇓ＯＫ！
●「ヨイショ、ヨイショ」と降ります

膝立ちの私。

車イスを下ろすなんて長蛇の列で渋滞してしまいそうです。

他のお客さんをイライラさせてしまうかも……。

●ドア閉める

●給油機のところへ……。この場合、（一番早くて安全な）四つ這いで行く。
「見えな～い」「届かない！」

（膝立ちですからね。ワタクシ）

立ってもいいけどつかむところは無い！

若干ヘトヘトで操作し……。

●四つ這いで給油口のところへ

給油口の内側のキャップがサッと開けられなかった。
「回して開けるだけだよ」と思いますよね。
でも、その単純な動作が大きさ・形によってはなかなか難しいのです。

●給油ノズル「重たっ！」元からヨタヨタしてますから、持ちながらでもっとスローペースに（膝歩きですよ、怖い怖い）。

給油口にたどり着く前に機械が！！！　何か言っていて、私が遅いから、振り出しに戻ってしまって……。

ギブアップとなり、父親に給油・精算までしてもらいました。

無謀だと思いながらも一度は試し、体験しましたが私には危険すぎる。

私がここまでできないのかと知ったであろう父。

父は後日、（私が仕事に行っている間）そのセルフのスタンドに行き、店長さんに話してくれたようで。

「インターフォンを押して、忙しかったら出れないかもしれないけど、呼んでくれたらやりますよ」と。

父から聞き、何日かあとに一人で車で行きました。

数回の給油をお願いしていたら……。

言われてしまいました。


「あんた、何回か来たことあるよねぇ？　うちはセルフなんだわね、こういうことをすると組合に言われちゃうから困るんだ」


店長さんは周知していないのかな？

忙しいときは難しいのも分かるし、セルフだと知ってて来ているのは私なので待たないといけません。お願いするんですから。

でも……。

「こないでくれ」とはっきり言われ、いろいろな思いが頭を駆け巡りました……。

地元で二軒、市外で一軒。断られた経験があります。

給油ランプが点灯したのに断られ心臓バクバクで運転したこともあります。

「あそこの人は入れてくれるよ」と友人から聞いたり、でも多くありません。

たとえば、ステッカーとか看板に「スタッフが給油します。お声がけください」とあれば分かりますよね。

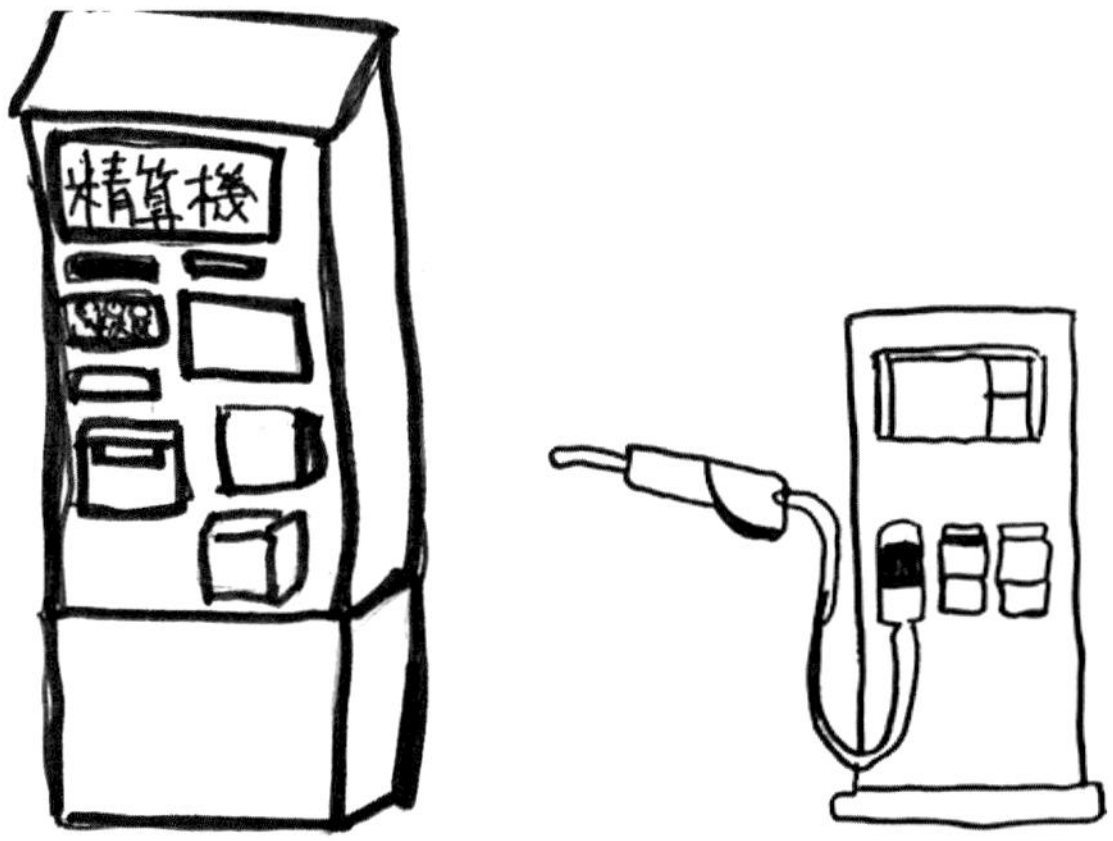

外出　～立体駐車場～

左手じゃないと駐車券がつかめません。まひがあるからです。ギアをP（パーキング）にしてドアを開けないと取れないので後ろの方をお待たせしてしまいます。

外出　～飲食店～

※コロナ禍になってからはほとんど行っていません。

●回転寿司

カウンターでも（椅子を退けてもらい車イスのままで）テーブル席でも（車イスを畳み隅に置かせてもらう）いいのですが、サッと取れなくて焦ることもあります。

最近はトイレが広いところもありますね。普通の洋式トイレ、多目的トイレというふうに複数あると「多目的トイレもあるよ！」と伝えたくなります。

●居酒屋

※独身時代で、手動の車イスを使っていた頃の話です。

ほとんどカウンターを利用していました。トイレが広い居酒屋を私は知りません。

車イスが通れる幅ではないので離れたところから膝歩きか、友人に支えてもらって歩きトイレの前で待機・若しくは見計らってきてもらうこともありました。

小さな店舗だと常連さんや店員さんもフランクで、話が盛り上がって奢ってもらうこともありました。椅子に座っているだけだと、ぱっと見私が身障者だと分からないと思いますね……。

トイレに行く＝酔ってきた頃合いで、入り口が狭いから店員さんに支えてもらって行きました。

酔ってヨロヨロしているんだか、何せ元からヨロヨロしていますからねぇ（苦笑）。

「その歩き方どうしたの？」と(笑)。周りのお客さんが言うわけです。適当に答えないと、それどころじゃない全集中です、私。
〝世界地図〟は阻止したいんです！

オシャレで美味しくて私でも使えるお店が一軒だけありました。個室を使ったこともありますが「お手洗いが近い方がいいんですが、空いてますか？」と確認していました。トイレのすぐそばで、這って行けるからなんです。車イスは畳んで隅に置かせてもらってますからね。私の〝ココに行きたい〟を叶えるためにはクリアしないといけないことが多いです。お手洗いに近い個室は予約が取れないことが多いお店でした。オシャレな個室居酒屋って地下にあることが多い印象があります。車イスに乗ったまま持ち上げて階段を下ろしてもらいました。

外出　～映画館～

タッチパネルでチケット購入（映画館によっては高くて届かない。長財布の角でも無理）。「あれなんだけどな……」と思いながらも断念し、周りの方に声をかけるか、カウンターで購入します。
席は、「車イスのままで観ます」と伝える。

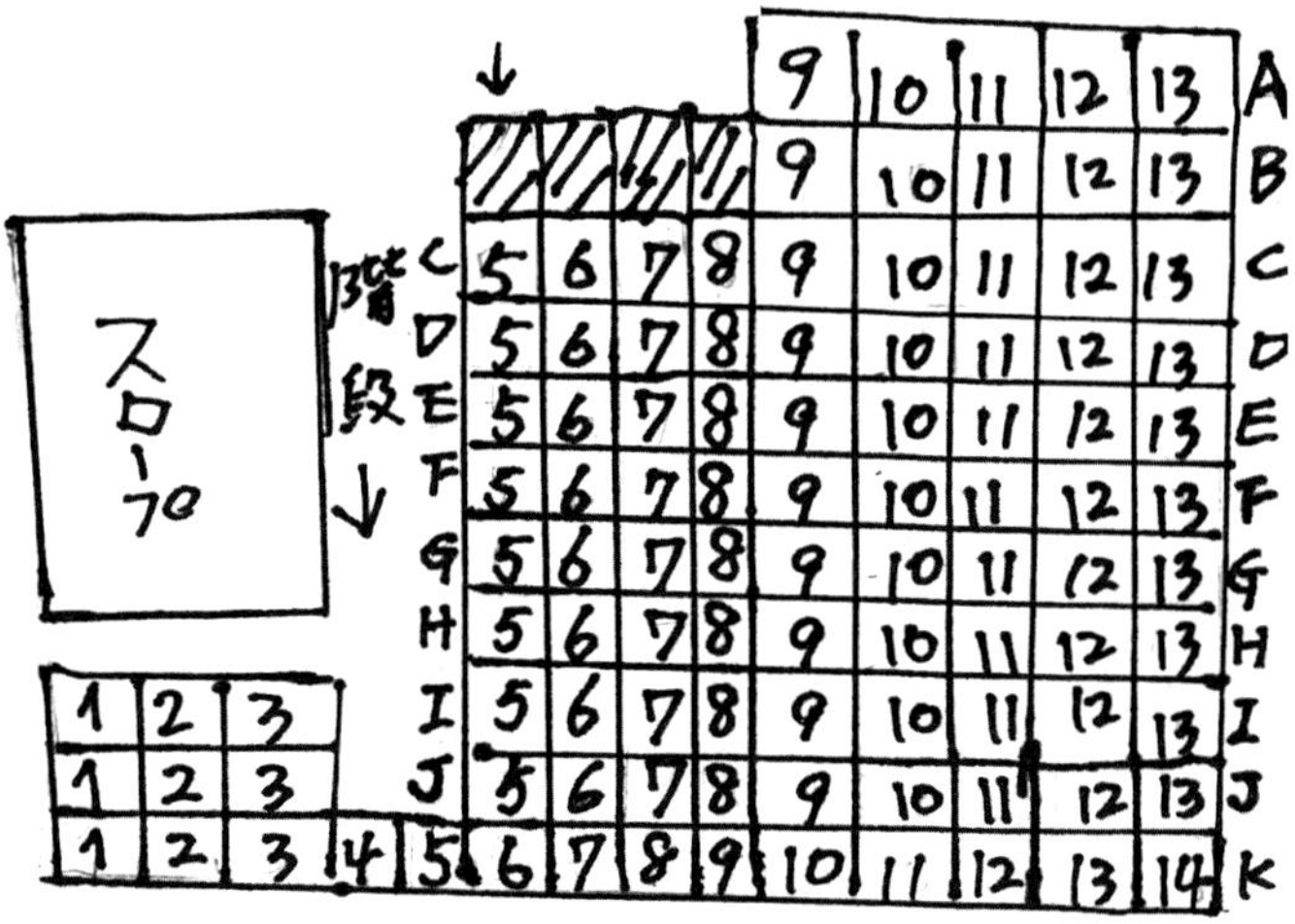

～ここからは異なる映画館によって、私がどのようにして映画鑑賞するのかを知っていただきたいと思います～

●仮にA映画館とします。

三十六歳（妊娠前）までは今より身軽で筋力もあったので、少々上の席でも伝い歩きで階段を上がり席に移るという動作もさっとできましたが、今はできません、よくできてたなぁ……。はるか昔のことのようです。

同じ映画館でも、〝何番シアターか〟でレイアウトが大小と異なるため車イス席（斜線のところ）の位置や、平坦な通路が間にあるか

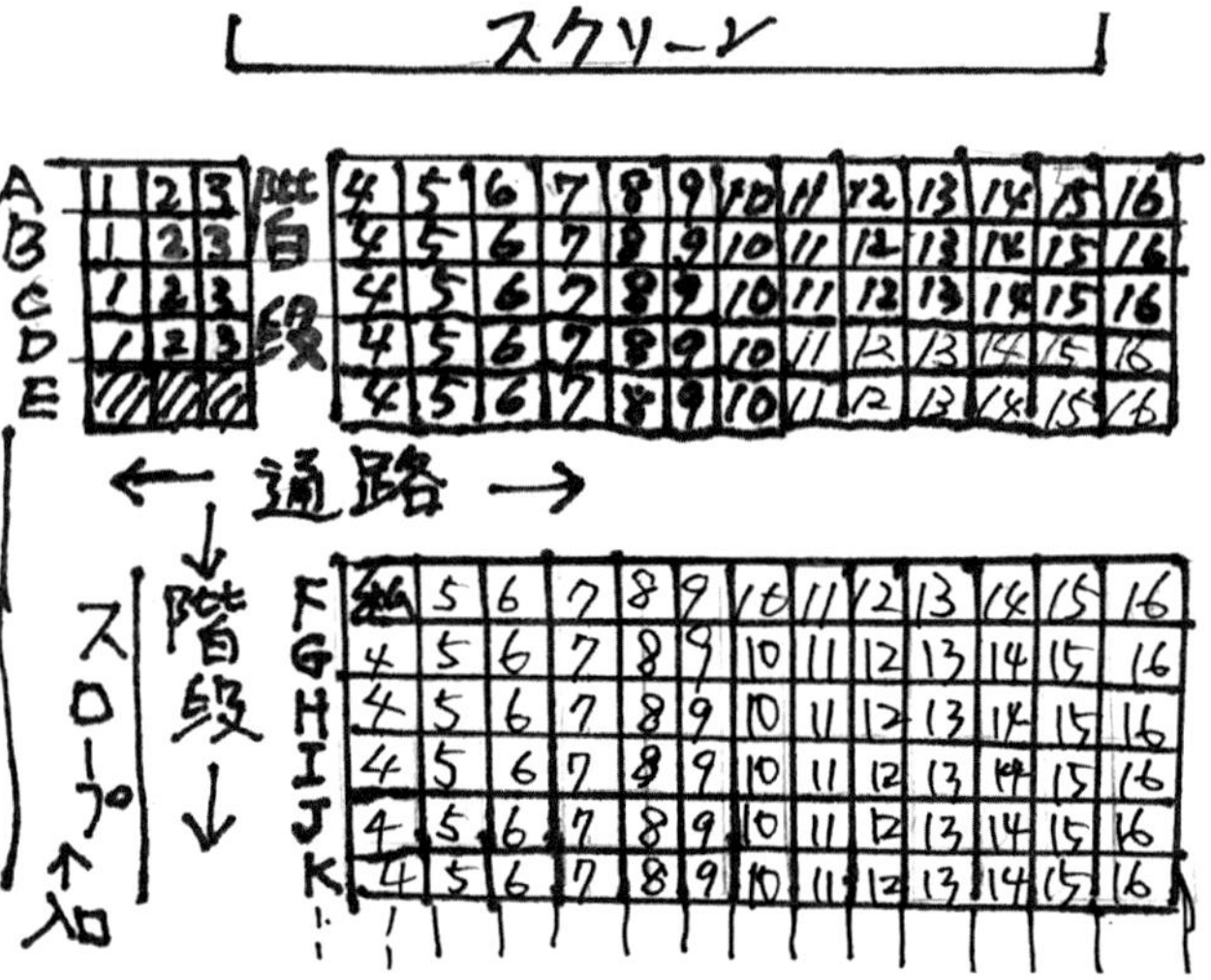

どうかも異なります。

〇〇番シアターの場合、私はF列の端を選択します。

スタッフの方と一緒に入ってスロープを上り、私はシートに移乗して車イス席に車イスを置かせてもらっていました。

それくらい空いていることが多い車イス席ですが、必要なんです。若い頃の私のように移ることができればいいですが、全く脚を動かせない、立てない、姿勢をキープできないなど〝自分の車イスでないと駄目です〟という方もいます。

●市外の映画館（B映画館とします）

二度目の利用でした、つい先日のことです。
（上映するところが限られている作品もあるので）
その映画館ではタッチパネルでチケット購入しました。
トイレに行きたくて時間も迫っている、スタッフの方に席の確認をする余裕もない。
チケットに書いてある番号を見ると……。

G列　十二席

中に入ったら……。えっ……。しまった……。
スクリーンの真ん前に車イスのままで見られるスペース。
一発で首を痛めそうです（苦笑）。

（寝違えが完治するまで一週間掛かったのは枕にダムができたからなのですが、最前列で鑑賞した場合、とても痛くなります。「あのときの寝違えみたいだ」と思いました）

「いきなりもう階段……上がるしかない……。マジかぁ」

まず車イスを置き、気合いを入れた私。

四つ這いで上り始めたんです……。時間は迫っている、席が高く（位置が）遠いのは明らかなわけです。のろのろと、いえ必死ですそれしかできない。『せめてBか、Cに変更させてくださいとスタッフさんに声を掛ければよかった』と後悔しました。

だけど戻るにしても暗くなったら更に危険。行くしかない……。

「まだ!?　まだ着かない」登山か？　と（笑）。

「運動、運動頑張れあっちゃん……」

ガ〜ン……。暗くなっちゃった……。

Dの辺りで上の席にいたお客さんが私に気づいて「ごめんごめん！　早く気づいてあげればよかったね、大丈夫!?」とカバンを持ち、脚を上げるのを手伝ってくださいました。

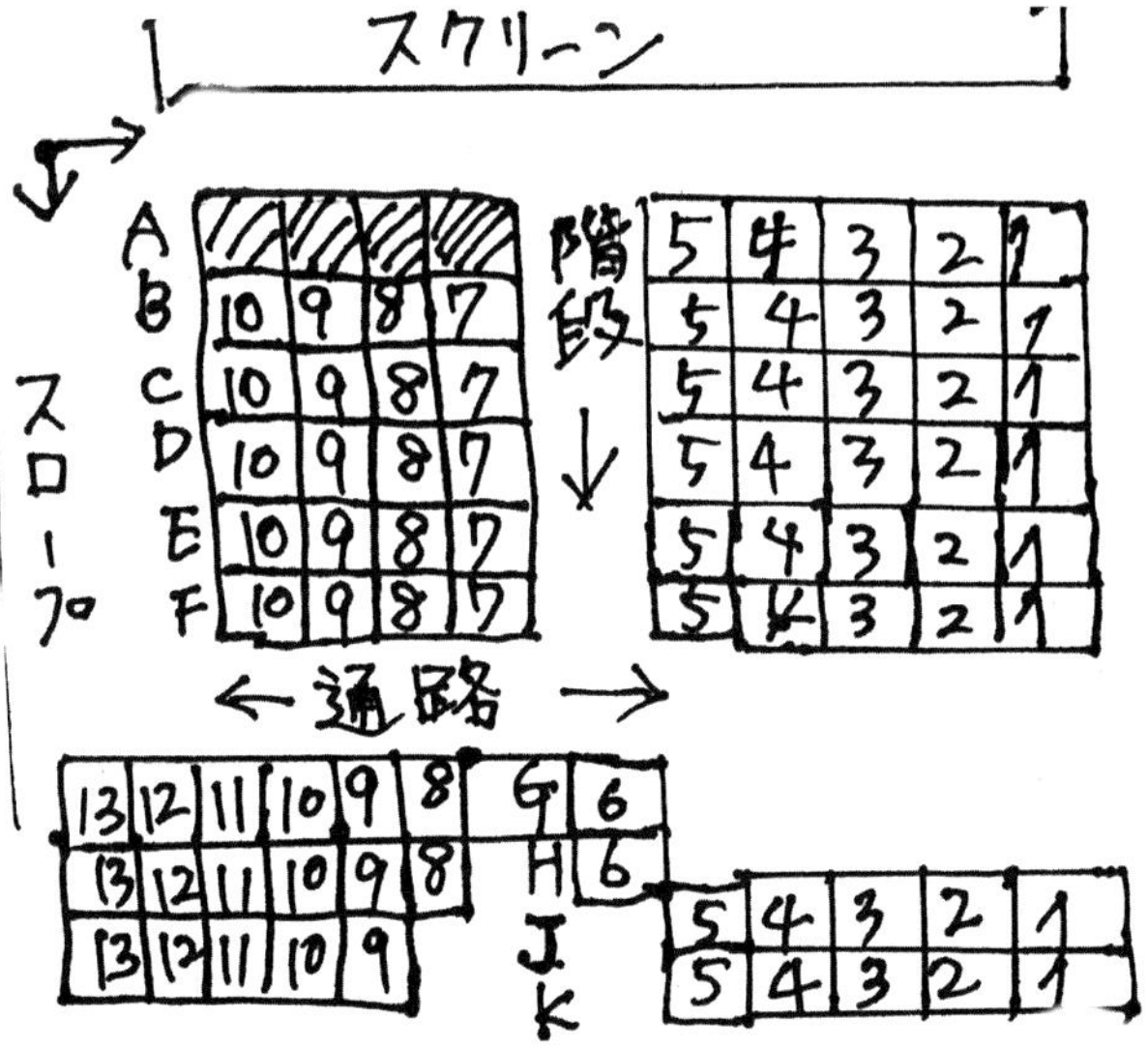
スクリーン
階段
スロープ
通路
A
B
C
D
E
F
G
H
J
K

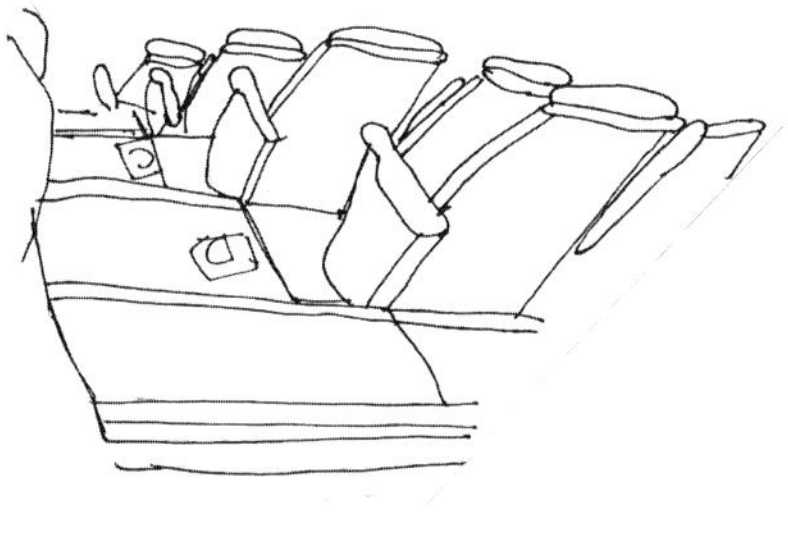

イラストを
ご覧ください。

もう少しだったのですが限界でE列に座ることにしました。

もし誰か来たら事情を話して了承してもらおうと思いました。


三人しかいなかったんですけどね。

●C映画館はというと……

この映画館は、ほとんど後ろから入られます。

スタッフの方に声をかけて準備ができるのを待ちます。やはり何番シアターかによって異なりますが、イラストのシアターでは最後尾席（二席）がシートを外せるようになっています。

車イスのままで見れる。

一番後ろなので首は痛くない。
○○番シアターでは、「シートは外れないんですが、こちらは通路が広いので、そのまま車イスでお入りください」と言われました。

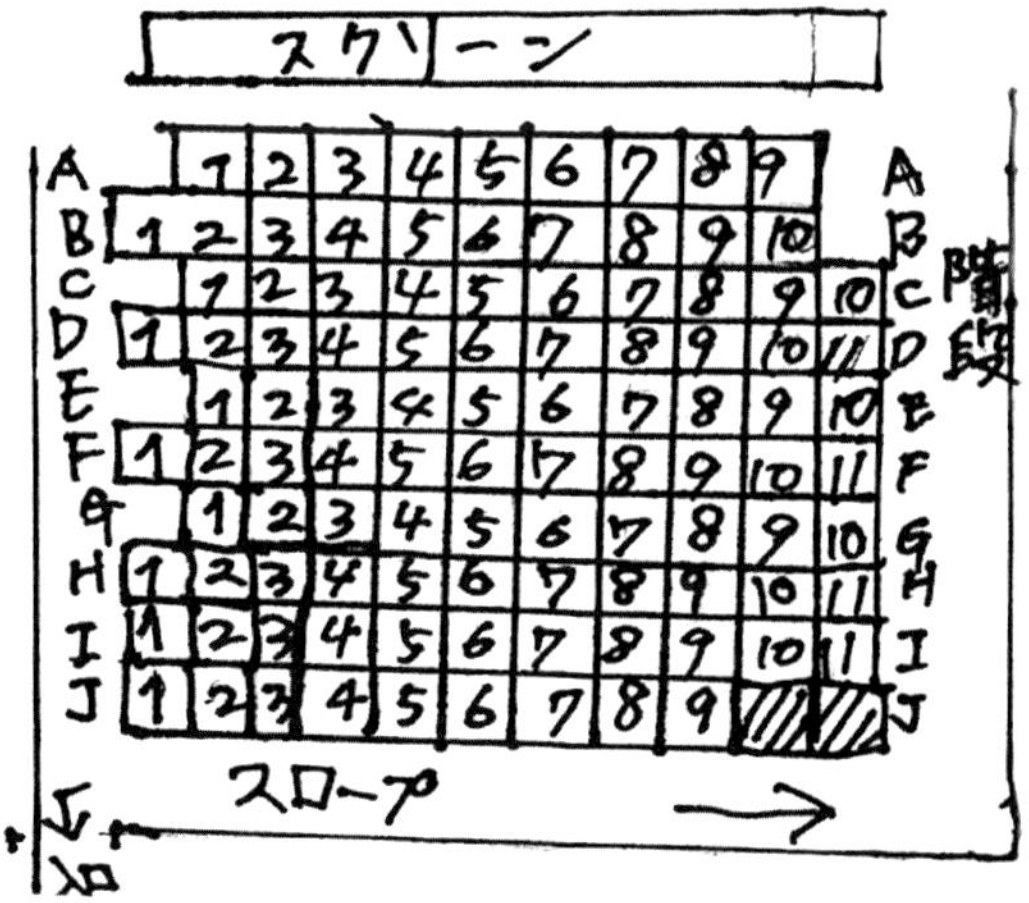
スクリーン
階段
スロープ
入口

スロープではなく階段になっている場合は持ち運びできるポータブルスロープを置くといった準備をお願いします。

外出　～洋服を買う～

立って試着するタイプの物がほとんど。

試着するのは疲れるのであまりしませんが、

車イスのままでは入れないので、外側に置くことでスペースを要します。

「何かお手伝いしましょうか？」

「できなかったら途中で呼びますので、そのときにお願いします。時間が掛かるのですみません……」

「はい、分かりました。ゆっくりで大丈夫です。また少ししたら来ますね」

ペタッと下に座るので足元から見える可能性もないとは言えないんですよね。

「お客様、着られましたか？」

「すみません、もう少し掛かります」

車イスのままで入れる試着室がたくさんあったらいいですね。

「大体こんなもんかな？」と試着せずに買うことがほとんどです。

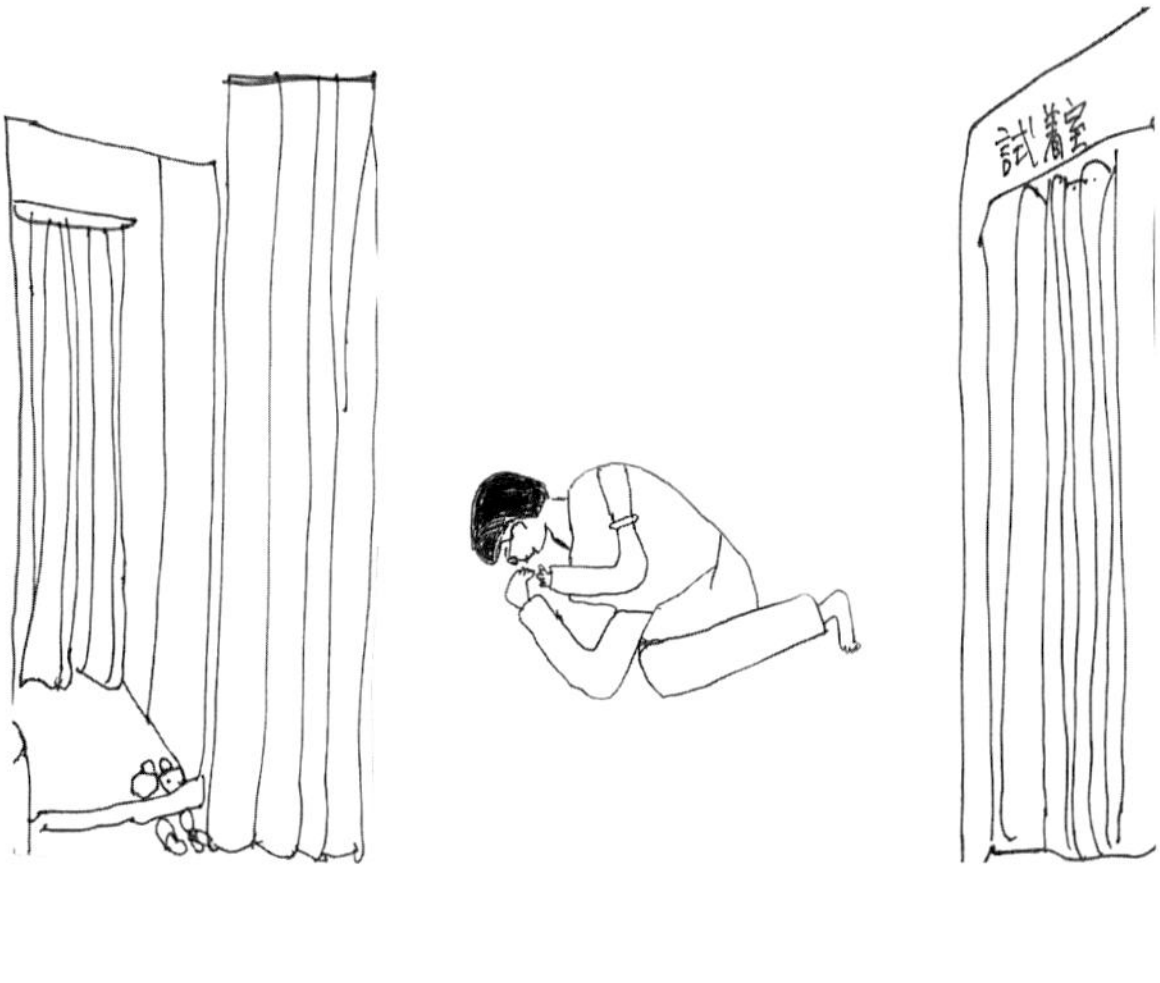

かるた風エピソード

あ　青空の下で講習会

車イスの畳み方、リフトの使い方。

「手伝いましょうか？」

「じゃあ、レクチャーするのでやってください」のときもある。

私の心の中では、いつもじゃないけど『できたら最初の方でお願いします』と思っている。多分、『手伝った方が良いかなぁ、どうしようかなぁ』と思いながら見てくれているのだと思う。そう考えてしまう数秒か数分間があるのだろう。

「ありがとうございます。できるので大丈夫です」とか、ほぼ完了していて、

「もう終わったので大丈夫です」と言うと、

「すみません〜ん」と言わせてしまう。

「こちらこそ、すみません、ヨタヨタして危なっかしいですよね」と、少々自虐的なことを言ってしまう日もある。

大変そうに見えると思う。

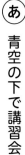

実際、大変だから。

二十代の頃はあんまり大変だとは感じてなかったけど。加齢と障がいの関係上、酷使してきて衰えを感じるのだ。

でも、それしかできないから。「大変大変だ」を言わないだけで〝大変〟を受け入れて生活している。

自分の体がスムーズに動かないから途中でよろけて転んだり、疲れて息切れしていたり、天候とかその日の体調によっても〝大変さ〟が違ってくる。それは本人にしか分からなかったりするから。

そりゃ、手伝った方が良いのかどうしようか迷うと思う。

「これ、一人で持ち上げるの？　大丈夫？」

私がリフトを操作していると、手伝う云々でなくじーっと見ている人や設備に興味を持って話しかけてくる人もいる。

そういうの、ワクワクする。

若干、ニマニマしてしまう。

腕っぷしを試したい男性もいて、自力で持ち上げられてお互い拍手したことも（笑）
そういえば女性もいたなぁ……。すごいよね。

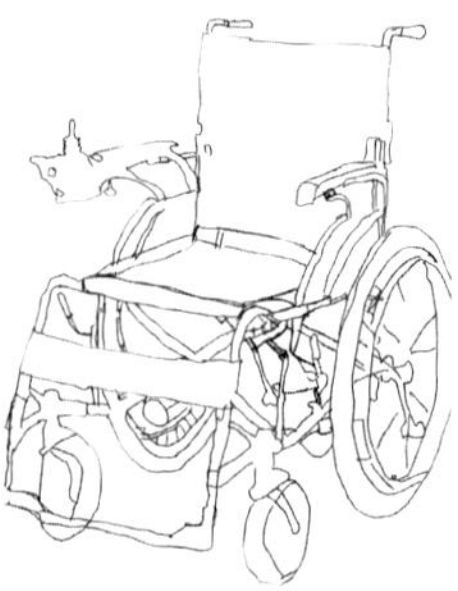

あ　味付け何？

夫が「味付けは何？」と聞いてきたときは、あんまり好きじゃない味のときだ。
あんまりというか一回しか箸をつけていない。
『あぁ、美味しくなかったんだなぁ』と見ていて覚えたことだ。

必ず聞く。

「これ、何入れてるの？」って……。
『うわっ聞いてきた』と思ったり、笑えてきて「食べんでいいよ」と言ってしまう。
美味しいかどうか聞きたいときもある。
『あっ、おかわりしとるな』

好きなのだと分かるから、献立を決めるのに楽になる。

あ 味の違いが分からない　その壱

サバ缶といわしの缶詰。
その年一番笑った。
イワシのつもりで〝ジェノベ風〟を作ったのに。
夫が帰宅して見たのは、空っぽのサバ缶だったという……。
「はっ?! ?!」食べ終わってから気づくという……。
腹よじれたね。

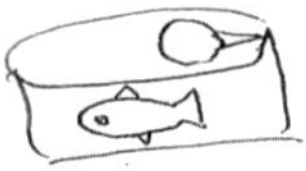

あ　味の違いが分からない　その弐

マクドナルドで、コカ・コーラとコカ・コーラZEROを買った。

「どっちが、どっちか忘れた」って言って飲み比べても分からん私。

「ZEROは薄く感じてしまうからコカ・コーラがいい」とその日まで選択してきた私が。


私「氷、入ってるから薄まって分からんのじゃない？」

夫「あはははは」

後日談。

コカ・コーラと、コカ・コーラZEROの味の違い。

ペプシコーラと、コカ・コーラの味の違い。

ペプシコーラと、コカ・コーラZEROの味の違い。

夫がコップに注いで並べて、「違いが分かるか飲んでみて」と。


悔しい。

分かっていたつもりが、全てハズレで。

自分にイラッとしたし、ふてくされた。
色では区別がつかない、少なくとも私には分からない。
「飲めばいくらなんでも分かるわぁ」って……。分かっとらん。
分かる？

(あ) 揚げ物担当大臣

毎週木曜が揚げ物ＤＡＹの我が家。夫の担当だ。

「油が飛んで熱いでしょう？　やるよ」ということで。

車イスに乗ったまま料理できる高さになっていて楽々回転できるくらい広いキッチンだけど。

座っているということは、近いんですわ、顔との距離が。顔赤くなるくらい熱いときがあるんだよね。

まぁ、できるけれどお任せしている。

鶏の唐揚げ、豚カツ、エビフライの順番で回っている。

翌日は丼になる。好きな丼の一位が最近、親子からかつ丼になった。

前日からウキウキ。連呼している。当日は、するべきことを頑張れる。

単純だと思うけど、頑張れるのだ。スイーツ好きのスイーツみたいな。

「別腹です」とは決して言えないが、おばあちゃんになっても食べたいのが、唐揚げ・豚

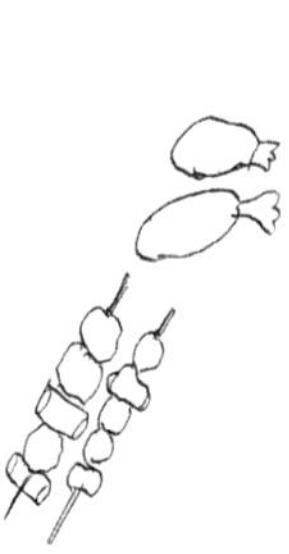

カツ・エビフライ。

最近のことだ、焼き鳥が加わった。

スーパーマーケットの中に入っている焼き鳥店で、私は「豚ねぎま」が一番好きだ。仕事帰りのお客さんが多いのと、美味しくて人気なのだろう。列ができていると、重要な豚ねぎま『うちの分はあるのか?』と目を光らせていると思う。

㋑　一分で電話を切る父

私が話している途中で、いつも切れている。
「今から行くけどいるか？」と、明日いるか？　は、ほとんどない。
高齢なので道中はとても心配だ。
でも、父にとっては張り合いがあって良いのだろう。

茹でた丹波の黒豆
通販で買った豚丼（豚肉とタレ）
松前漬け
重すぎる床拭き用の掃除道具
暖房器具
親族から贈られたりんご

今思い出せるのはこれだけだが、もっとある。
実家にはもっとあると思う。

私の実家はジャングルだ。
私が育ったジャングルでは、トイレの手摺りを見たら油断できない。
パコ〜〜〜〜〜ン！！
つかんだら、外れるから。
私は、バリアフリーじゃなくても外出を諦めない。それはジャングルのお陰。

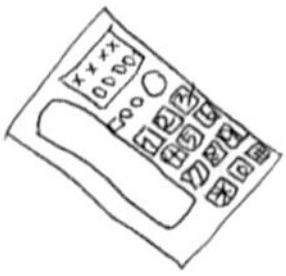

㋒ ウンウンの報告

「大声で呼んで、ウンウンの大きさを報告する人を嫁にもらったんだからね」

「サン！って、数字の！　ねぇ分かる？」

「ちょっと来て～、ほうれん草の胡麻和えが出てきた！」

大声で呼ぶから何かあったのか?!　と急いで飛んできた夫に、報告せずにはいられない私。

「だって、びっくりしてさ、言いたくなるよ」

他の家庭の奥様は報告しないのだろう。

夫のお腹は、夢と希望が詰まっているそうだ。

「へー。それって外に出すことあるの？」

色白でパンパンに張った、叩くと良い音がするお腹。

楽しい。

夢と希望かぁ……。そういうお腹だったと最近知った。

「お風呂に入るよ」とリビングでジーンズを脱ぎ捨て、ポ～イとして洗面所に行ったのに色々することを思い出して生まれたての姿で戻ってくる。

「そういう人がいる家に嫁いだのは私だもんね」

食べ過ぎるとお腹が痛くなる夫、でも出せるなら……と羨んでしまうくらい、根っからの便秘体質の私。

子どものときからだ。押し出す力が弱いのと、結腸が長いらしい。結腸ってほぼ全体。一般的に日本人は腸が長いと言われているけど、胃腸科の先生が言うって……。私のはよっぽどなのか？

私には出すことが、躍起になるくらい大変なことだ。ウンウンに永住権は与えていないのに。

「今日ウンウンは？」

「ウンウン出ないよぉ」

おはようのハグの後、トイレから出てそんな会話から始まる朝。

㊈ 映画館で有名になる

週三回映画館に行っていた時期がある。車イスで来るし、席への移乗の際にサポートしてもらうために声を掛けるし。

「どうでしたか？　あ、僕も観ました！」

「いつもありがとうございます」

覚えるよねぇ。

ある映画で、お客さんが中年男性と二人だけだったこともある。その方は「あれ？　二人だけか？」と言い、最終的に席を移動して私と並んで観た。

当時、私は独身だったけど、会話が弾んで……みたいなことも。もしかしたらあったかもしれない(笑)。ライブ鑑賞が趣味で知り合って好きになった人がいたけど。まさかねぇ……。妄想だけにして、その後ラーメン屋に行った。

仕事帰りのお決まりのコースだった私。

あぁ、そういえばそのラーメン屋さんでも有名になっていた。店員さんと友達になってランチしたことがある。男性だけど妄想はしなかったな。ラーメンが肉と同じぐらいテンションが上がりガツガツ食べてしまうものだから。多分そんなに気にしていなかったのだと思う。

二十三歳ぐらいから映画館に頻繁にいくようになった。ほとんど一人だったけど、映画好きで仲良くなったミセスがいて、彼女の息子さんは今はもう成人している。自閉症の子で、その当時は色白のかわいい男の子だった。

私が母になり、ばったり再会した。成人になったのね……。当たり前なんだけど。結婚による引っ越し、育児に奮闘し、娯楽に時間を使えなかった。でも息子を見送り、気分転換になるかと思い時々行くようになった。

独身の頃のようにたくさん映画鑑賞しようかと思ったがコロナ禍で、通うことは危険だし。行くなら声を出さないように気を付けなきゃいけない。

ネットでみることが多くなった今、好きな映画館も行くとなると気力も要する。ストレスなく映画館で観ることができる日がくるといいなぁ。

有名になりたいわけじゃないよ。

違う違う。

お　お風呂が遠い

「おかしいねぇ」

「近くに作ったのに。おかしいなぁ」

「え、だって、あーたんにとっては北海道ぐらいだもん」

「別に入らなくてもいいよ」

「う～ん」

「入らなくても死なないから。入るのやめる？」

「う～。でも臭い臭いになったら、嫌いになるかもしれんじゃん」

「嫌いにならないよ」

「遠いねぇ、頑張って」

「応援して」

「頑張って！　応援しとるよ」

「あーたん、大丈夫？　できるかなぁ？」

「できるよぉ」

ほぼ同じやり取り。

服を脱いでしまえば良いのだ。

湯船に浸かると気持ちがいい。分かっていてもなかなか……。

昔から。

「はよ、入れ」

ス〜ス〜

「お前、寝てんの？」

「寝てないわ、入るてぇ」


昔、した長兄とのやり取り。

このやり取り、いま聞いてくれる相手は夫。優しいなぁ…。

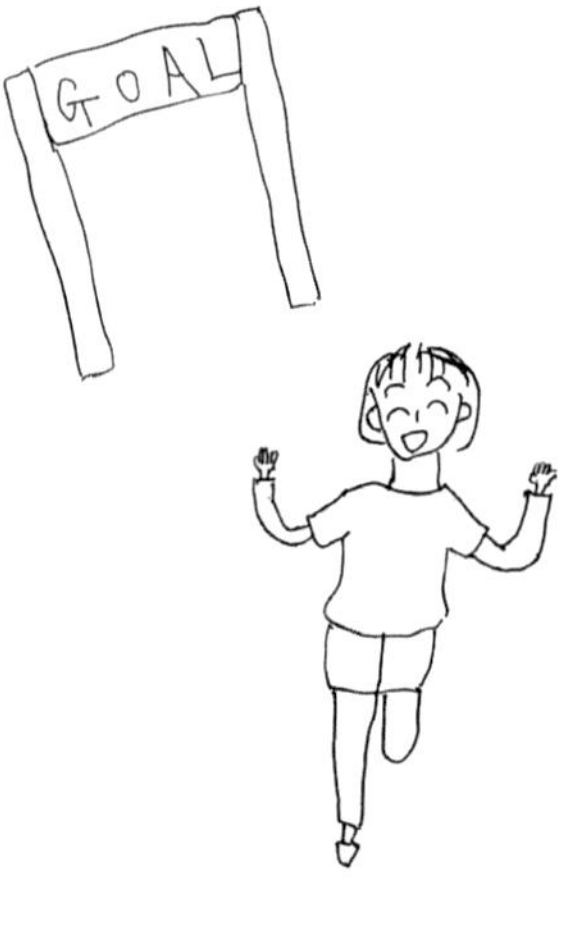

㊉「おる？」、「おるよ」

所在確認を何回もする。

倒れてないか心配で言うときと、寂しくて不安になったときに言っている。

隆誠で言うと、一人で遊んでいるときテレビに夢中だったけど「ママ、いる？」と私がいるかどうか確認していてめちゃくちゃかわいい。

私も所在確認するから。隆誠の気持ちはよく分かる。そんな私をかわいいと思ってるかどうかは解らないけど。

夫は毎回「おるよ」と返してくれる。

先に「おるよ」と言うときもある。

お父さんと、子ども。

夫がお父さんみたいに思うことがたまにある。

祖母の家だったと思う。田舎だと、

「おる?!」

そう言って玄関を開けて野菜を持って来た人を見たことがある。

近所付き合いが普段から、昔からあるからできるのだと思う。
多分私にとって「おる?」は「元気にしてる?」みたいな。安心したいのだと思う。友達に、
本当は電話したいけど「何しとる?」のＬＩＮＥを送って我慢……。

Ⓚ カエル怖い・カタツムリ嫌い

高校生の頃。

数時間前まで学校で話していたのに。家に帰ってきてからも、話していた今度は電話で。

「何をそんなに話すことがあるの？」と、友達との長電話をよく母に邪魔された。

あまりに長いのでやめさせるために母がしたこと……。


そぉっと私の横にきて、パッ。

開いて見せた手の中に、

カエル……。


蛙……。

かえる〜〜。

ぎゃ〜〜〜。

「○○ちゃん、ごめんね。あっちゃんトイレ行ったもんで切るわね」ガチャン。

よく聞く、電話線を引き抜くなんてレベルじゃない。

確かに蛙は嫌いだけど。やり方に腹が立つ。

「カタツムリってかわいいよねぇ」と言ったら後日、庭中にいたカタツムリを、段ボールの底が見えないくらいまで捕まえて長電話している私に見せた母。

その執念何なの？　かわいいと思えなくなった。極端な母のせいで。

長電話からポケベルになっても電話代は嵩んだけれど（笑）。

㊍ 傷の治り

小学生のとき、私は言ってないのに『あっちゃんが言ってたよ』と、悪口を言ったことにされて、みんなに無視された。

中学生のとき、憧れていた先生がいて、淡い恋心を抱いていた私に対し、「冷静になれ、アンタが傷つくのは私もつらいから」と母は言った。

高校生のとき、彼氏と別れて泣いていた私に言い放った。

「アンタ！　そんな泣いとらんで、はよ食べなさい」と、母らしい言葉に逞しさを感じた。

私が十七歳のときに、母は旅立った。

二十一歳のとき、つらい失恋をした。母は知らない。生きてたらいっぱい聞いてほしかった。優しいから、きっと自分のことを責めそうで父には言えなかったし。三年経ったくらいのときにやっと別れた理由を打ち明けた。

二十四歳のとき、昔私をいじめていた人に「○○ちゃんが、あっちゃんの悪口言ってたよ」と言われたとき、無理して会わなくてもいい人だなと思った。

二十五歳のときに「結婚しようか?」と言われたけれど、またもや私の障がいを理由に〝障がいのある子じゃ戦力にならん〟と、相手の親と会う前に反対されて最終的にお別れしたことも、父には話さないまま時が経ってしまった。「またか……」と、さすがに傷が深くなってしまった。『私には恋愛はできても結婚は無理なんだ』と思いながらも、今は帰りを待つ人がいる、同じ家に帰る結婚した友達(健常者)のことが羨ましかった二十代。

「お前が障がいを持って生まれたのはお父さんの責任でもあるからな」って。そう思ってしまう気持ちは分かるから。父なら思うだろうと。私は泣きそうになった。私を励ますのではなく、父自身が落ち込んでしまいそうでつらいときほど話せない。

何歳の頃の恋だったか、いつその恋に〝卒業〟を決めたのか、家の車庫に停めた車の中で号泣していたら気づかれてしまったことがある。父の前では泣かないと決めていたのに泣き顔を見られてしまった。「どうしたんやぁ……」と、父は心配したと思う。どんな言葉をかけてやればいいのかと。

たった一年くらいのモテ期でも、古傷が痛むときもあった。

二十代後半は仕事に邁進して、それでも、恋をまたするわけで……。

三十一歳の失恋はつら過ぎた。傷が癒えないままで仕事を頑張って。無理にでも笑って。つらい胸の内を話せる人が減ったり、傷が浅いうちに終わらせたり。でも老いてきた父に言われ、頑張って〝結婚相手〟を探そうと、もう一度気合いを入れた。

三十五歳で、夫と知り合って絶対に結婚したくて、大事に育みたくて、ほとんど人に話さなかった。福山雅治さんの結婚より後に電撃発表した私……。

夫に出会うまでどれだけ泣いて、悩んで自信を無くしては自分を奮い立たせてきたことか……。

三十八歳で子供を産むとは。だいぶ遅くなったなぁ。

帝王切開の「傷」は、私がお腹を痛めて産んだ証であり、息子がいた証だ。

息子は心疾患を持っていたから私の中では覚悟はあったつもりだけれど、こんなに早く先立たれるなんて……。

この大きな心の傷だけは治らないと思う。

長い付き合いになると思う。


治る傷と治らない傷。息子を亡くし、どんよりとはするものの「ママ、元気だしてね」と言ってくれているのかもしれないと、寂しいけれど優しい闇もあるのかもしれない。心の中に抱えながらこれから先、まだまだ傷つくことはあると思う。でも、昔とは違って夫という一番の味方がいてくれる。私は夫がピンチの状況になったら全力で命がけで守ると決めている。

そして今では声も聞くことも姿も見られなくなってしまった息子、顔を見ることができないまま亡くなった娘だったかもしれない子も、私たち夫婦を心配しながらも優しく励ましてくれていると思う。


強い味方、最強だ。

く　くるくる寿司に行けない

私が療育施設に入っていた頃のこと。

父も一緒に迎えに来てくれたときだけ、ベーコン巻きが食べられると思うと嬉しかった。

父は私の喜ぶ顔が見たいのだろう。母だけのときはどこにも寄らない。「行こうよ」とストレートに言ってもだめ、美味しい焼き肉店の前を通って「ここ、美味しいよね」と言ってみても寄ってくれない。

だからか……。

冷蔵庫の扉で隠して、ベーコンをつまみ食いしていた（笑）。

「土曜日の夜ごはん、何食べたい？」と聞かれ、私は毎回「肉！」しか言わないから母は『お肉を食べさせてもらっていないのか？』と心配になって看護師さんに確認したそうだ。

「ちゃんと食べてますよ」

だいぶ大人になって……。

単に、お肉が好き。それだけのことだけど、お肉は毎日でも食べたい。

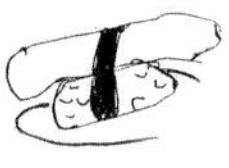

食べ過ぎなのかと数日間、お肉を止めたところ何となく気力が出なくなったことがあって『止めちゃいけない、お肉が必要な体質なんだ』と分かった。

お肉が好きと言うと〝野菜が嫌い・全く野菜を食べない〟と、思い込んでいるようで、「あっちゃん、野菜も食べなきゃいかんよ」と言われることがある。

私は焼肉屋さんでサラダは絶対頼むし、動物の餌かしら？ っていうくらいサラダを食べるけどね……。

くるくる寿司は今はない。

ベーコン巻きってないもんなぁ……。

㋘ 警察手帳みたいに？

びくっ！

正直、『何か言って』と思う。

結構昔の話だけど、私の前に立って、黙って見せられたことがある。

びくっ！ってなって、ちょっと怖かった。

「私も障がいがありますよ、大変さは分かるので、お手伝いできますよ」っていう意味なんだとは思うけど。

こちらが安心すると思うのだろうか？

私だけかもしれないけど不思議に思ったことがある。

中途障がいの人によく「私は事故で……」とか。こちらから聞いたわけじゃないけど話してくれることがほとんどだ。私から尋ねることはない。一度もない。仲間意識で自己紹介をしてくれているのだろうか。

「母が車イスで……」とか「骨折して、暫く車イス生活してたことがありますよ」とか。

私は「そうなんですねぇ」としか返す言葉がなくて。他に何か言った方がいいのだろうか……。聞かれたら「私は生まれつきの障がいです」と答えるという感じ。

話しかけられたとき私は、「今日は暑いですね」「寒いと動きが悪くなりますよねぇ」とか話したりはするけれど、あらたまって障がいの話をしない私は不思議に思ってしまうのだろう。小さい頃から周りにたくさん障がい者がいる環境で育ってきたからか、障がいのある人は、何となく分かるからだと思う。

もちろん『あの人、困ってる』と思ったら声はかける。

健常な人たちには、こういうところが大変なんだと知ってもらうためには説明しなきゃと思う。専門的なことじゃなくイメージしやすいように考えて伝えようと思う。明るく。明るくっていうのがいいと私は思う。

病気や障がいを持っている人が悩んでいて、私も制度のことは詳しくないし聞いていると眉間に皺ができる。

聞いてみて初めて分かることもあるから、関わったことのない方たちにはより知る必要性を感じる。

自分の障がいほど詳しいわけじゃないから。

発達障がい・視覚障がい・聴覚障がい・精神障がい・難病には私の知らない大変さがたくさんあるから。


二十代の頃の話。

視覚障がい（全盲）のAちゃんと仲良くなって家に泊まりにきたときのこと。


お風呂とトイレの場所を伝え、お風呂に入る前に、

「（手を持って）シャンプーはこれだよ」

「うんうん」

「コンディショナーはこれだよ」

「うんうん」

「ボディーソープはこれだよ」

「うんうん」

入る頃になって、私はやってしまった。

「電気はね、ここだからね」

「うん……。電気はつけなくていいよ」

「……あっ！　ごめん」

「いいよ、いいよ」

思わず言っちゃった。

反省。

悪気はないけど反省。


焼き肉屋さんに行ったとき、自分で焼いて取ってタレをつけて食べる。一連の動作ができないかもしれないと。

小皿を彼女の前に置き、焼けたお肉をのせる私。周りの人がどんな目で私たちを見ていようが食べやすい方法でと、手づかみだっていいのだ。美味しそうに食べていたなぁ……。

「○○ちゃん、カラオケ行かん？」

「いいけど、あっちゃん大変だよ」

「ん？　どういうこと？」

「歌詞が見えんから」

「あぁ、私が読むってことか！　分かった！　やってみるから、行こう」


いざ、カラオケボックスへ！

「〜〜〜」（私、イントロから読む。要するに早めに読む）

（私から歌詞を聞きながら歌う○○ちゃん）

「ん？　んん？」

「ごめんごめん漢字が読めんかった」

「あはははは〜」

「あはははは〜」

ライブも一緒に行った。

駅で待ち合わせしようと言ってしまった私。

一発で見つけられなくてケイタイを鳴らし、またまたやってしまった私。

「いま、どの辺にいる？　周りに何がある？」

このときも〝思わず言っちゃった〟なんだけど。

「何があるか分かれば苦労しないんだよな……」

「あ！　ごめん！　声かけて探してもらうよ！　そこで待ってて」

「分かった」

「はいはい」

「すみませ〜〜ん」（名古屋駅でした、人が多いんです）

「私いま、友達と待ち合わせしてるんですけど、目が見えない人なので、お互いに見つけられなくて。白杖を持っているんですけど、私もいっぱい動けないので一緒に探してもらえませんか？」

「分かりました、探してみます。ここにいてください、見つけたら声を掛けてみますね！」

「ありがとうございます」

その方と友達がきてくれた。

「ありがとうございました、助かりました、ありがとうございました」


歩道を歩いていたとき。私の横を歩いてもらうか、どうしようか。私の後ろだと何かあってもすぐに気づけないと思うから。

車イスと歩くスピードは違う。どちらも合わせるのは、障がいの特性で難しい。私がバテることも察しが付くわけで……。

「あっちゃん、押そうか？」

「ええ？」

「ちょっと、やってみるわ」

「じゃあ、方向言うわ、ありがとう」

「行くよ」

「……もうすぐ前から自転車が来るから、ちょっと右によって止まって」

「……もうちょい左……。次ちょっと上りだよ」

白状が車イスのタイヤに巻き込まれるし当然押しにくいから短く縮めたけれど、

「ちょっと待ってよ。白杖を出して視覚障がい者って分かるようにしとかんといかんからさ」

Aちゃんと私が〝右左、止まって、自転車、歩いてくる人がいる〟と言いながら歩いている。

私たちには当たり前のこと。彼女は全く見えていないわけだから私が目となり伝えなきゃ危険なのだけど、押している人が全盲だとぱっと見分からないのか道沿いにいた人、数人が、私たち二人を不思議そうに見ていたなぁ……。

みんなで集まってご飯を食べたとき。

「Aちゃんこっちの席だよ、こっちこっち」

(別の友達が)「こっちじゃわからん」

「ごめん、右」

懐かしい思い出だ。

その都度覚えるしかないね。

慣れてないのはしょうがない。

慣れていけばいいいと思う。

Aちゃんは数年後にぜんそくの発作が原因で亡くなってしまった。


障がい当事者の生活する中での困り事や、工夫していることはみんな違う。

障がい者手帳のデザインがかわいいとか、カッコ良かったら見せたくなるかも。

仲良くなれるきっかけになるかも。

ⓒ コンビニから酒を抱えて

確か私は当時、二十五歳だった。

彼氏にムカついて「もう飲まんとやっとれん！」ってなって、帰りにコンビニ寄って、缶チューハイとか日本酒とかビールとか買って、膝の上でいっぱい抱えて出てきた。

追いかけて駐車場まで来ていて「うわっ」って。

無視して帰ろうとしたら、号泣して謝られたことがある。


『やめてくれ、やめてくれ』

『そんなに泣かんでもいいだろ……。引くわ』

思うだけにして慰め諭したけどさ。


コンビニと言えば、思い出すことがもう一つある。

赤ちゃん言葉を使う人がたまーにいるのよね。

酒抱えてドーン。

レジの前まで持って行った。

『これ全部私が飲むとは、この人思わんのだろうな、ふふふ』

そんなことを思いながら精算して。

あのときの店員さんだけでもない。赤ちゃん言葉を言われちゃうことは時々あるけど。

酒いっぱい抱えた私、印象に残ったかなぁ……。いろいろな場所で印象づけたいなと思う。

せっかく生まれてきたんだもん。

いろんな経験をしないともったいないから。

㋙ 子どもはかわいいからね……

子どもを見るとかわいいと思うんだけど悲しくなってくる。

インスタの投稿を見て『かわいい、癒される』と思うのに結果、落ち込むことになる。

今、元気でいられているのが羨ましいし、成長を見られるわけだから。

でも私は、違うから。

過去の話しかできないから。

でも、大丈夫な日もあるよ。

だって、かわいいからさ。

独身の頃は『かわいいけど、走ってきてぶつかったら私は起きられないなぁ』なんてことを考えてしまうのと、遊んだとして間を持たせられる自信がなかった。そんな私が親になったら小さい子を目で追うようになったし、ダウン症の子は特に愛おしく感じてしまうのだから母性とはすごいものだ。

正直なところ、写真付きの年賀状は見るとつらくなる。「○○さん、二人目ができた、生まれたらしいよ！」も、つらいときがある。

ハッピーなニュースなんだけど、誰も悪気はないと分かっているだけに私は苦しくなってしまう。

もう医療ドラマは見れるようになったけど、子どもがメインのものは見ない。見たくない。二時間ドラマを見ていていつも思うのは「何で、いつも心臓、心臓って。何でそんなに〝心臓〟にしたいの?」と思う。自分の子どもが生まれつき心臓に疾患がある、手術費用がどうしても必要で苦労してお金を稼ぐとか、罪を犯してしまうとか。「助からないんです!」って泣いて訴えるとか、『心臓、心臓言うなよぉ』と時々だけど嫌な気持ちになる。息子は心疾患を持っていたから……。

涙を誘うんだよね。

分かるよ、分かるけど。

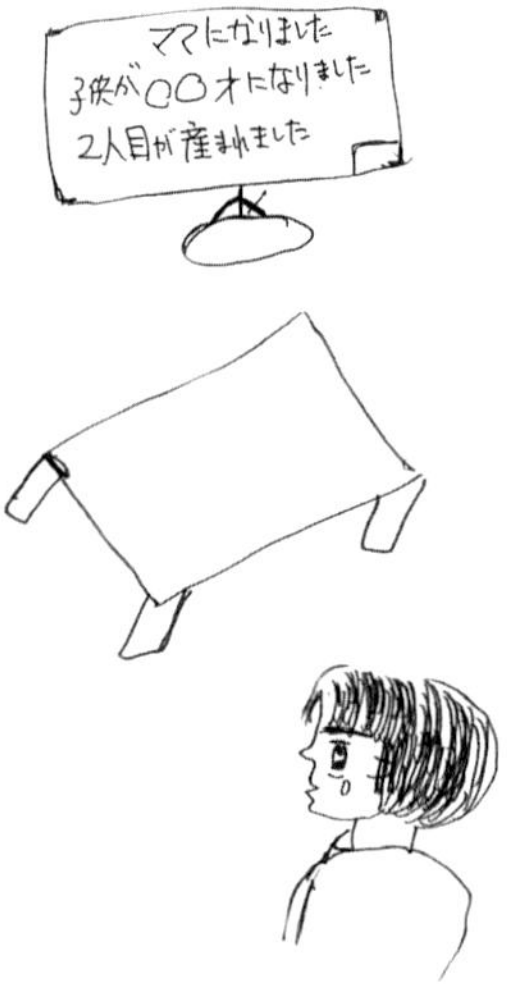
ママになりました
子供が○○才になりました
2人目が産まれました

㋚ 砂糖と塩みたいな？

お弁当づくりで早起きだから。

「寝ぼけてて間違えたんだよね」

でも最近〝うっかり〟が増えている自分に落ち込むと、ある人が言っていた。

砂糖と塩を間違えたんだって。


私の場合は、入れ物を見て「砂糖、減ってきたなぁ」と思ってね。

詰め替えがあったから補充したわけ。砂糖と思っているわけ私は。


数日後……。


「あーたん、これって何？　……パサパサしてるんだけど」

朝ですわ。容器を持って夫が寝室に入ってきて。

「ん？？？」

「舐めてみたんだけど甘くないよぉ」

（これ、って掬い上げて見せて）

「……」

「あぁ、アーモンドプードルかもしれんわ……」

数日間、あたしゃアーモンドプードル入れとったんだな……。

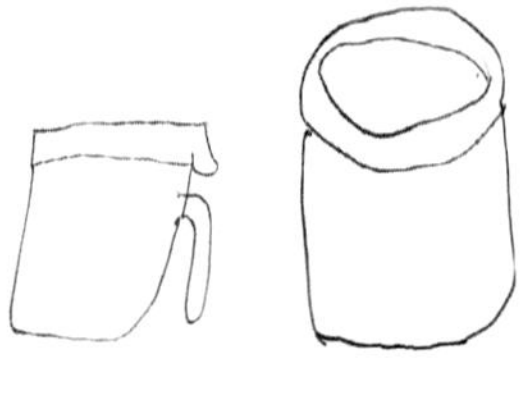

㋛　食パン食べとけって？

次兄と二人で家にいたとき。
小四と小六くらいだったかなぁ……。
「留守番しとって。あっちゃんのお昼ご飯用意してね」って母は言ったのだと思う。
次兄はファミコンをやっていた。

しばらくして私はお腹が空いてきて、何か食べたいと言ったら。
食パンを〝ほいっ〟と無言で。

何だかね……。お母さんが返ってきた瞬間、声を上げて泣いてしまった。私が泣いたら
「どうした？」って思うだろう。
私は『私、ウサギじゃないよ』って思った。
だけど……。
私が「～が食べたいから手伝って」って言えばいいんだけど。

お互い中学生になったら変わった。

夏休みだったかな？　次兄が数日間船に乗ってグアムへ体験型の旅に出たとき、本人は友達も一緒で楽しそうだったけど。

逞しくなって帰ってきて、顔つきも変わって見えたのを覚えている。

次兄が公務員になりたての頃だったか……。久しぶりで、寂しかったし顔を見れて「おかえり」ってハグしたのを覚えている。

食パンを見て思い出すことがある、たまに。

㋜ すき焼きは却下

基本的にお肉があんまり好きじゃないらしい。

「夕飯、何にする？」

「すき焼き！」

「………」


義母と夫の、頻繁にあったやり取り。

すき焼きは採用されないのだ。

笑いをこらえる嫁・私。


〝肉うどん〟なら採用される。

面白いなぁと思う。


三人暮らしになってから、すき焼きは採用している。

「肉好きな妻です」とは言わんと思うけど。
幸せそうな顔してお肉を食べる私。
かわいいんだってさ。

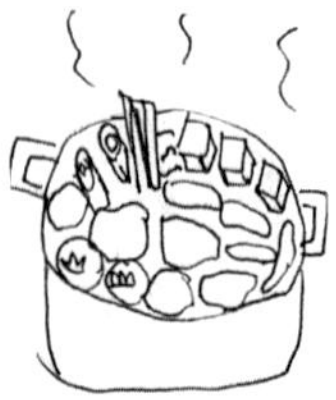

㊜ スポーツ観戦にはご注意を

サッカー観戦をしなくなって八年ぐらい経つ。スタジアムにも行かないしテレビでも見なくなった。

その理由は、夫がサッカーに興味がないからだ。始めはいない時間に観てたけど。

ワールドカップフランス大会出場を決めたアジア最終予選で岡野選手のゴールは泣いた。ワールドカップが始まってからも「キャ〜キャ〜」大声が出ちゃって六月末で熱くなってきた時期、実家にいたときで。網戸だけの状態で観戦していたもんだから、私の大声にびっくりしてとなりの、となりの◯◯さんが「あっちゃん！　大丈夫?!」と言って、急いで来てくれた……。

「ごめんなさーい。サッカー観戦してただけ……」

Jリーグができた頃盛り上がってたもんなぁ、懐かしむくらいサッカー観戦しなくなった。

スタジアムに行きたいけど寒いもん。
でも、心配されないように
〝声量には注意〟だな。

ⓢ スカートの丈

パジャマのズボンで合わせると、丈の長さは一緒なのに。

椅子に座ると、遠山の金さんみたいな町奉行の長袴みたいに長くてさ。

スカートだからだろうね。まぁ、分かるんだけど……。

ズボン（今はパンツと言うんだろうけど敢えてズボンと言おう）は股のところが縫ってあるもんね。


丈の長さを決めるのが難しいのだ。仰向けになって角度を測ると膝が（約四五度って昔言われた）曲がっている。私が立ち上がると、当然裾の位置がかなり下にいってしまう。座ったときの位置に合わせるのか、立ち上がったときに引きずったり踏んだりしないように合わせるのか。

〝丁度いい、カッコよくてかわいいロングスカート〟にはならない。

不本意ながら、お奉行様か。

不本意ながら、細い膝下を出すのか。

ローヒールパンプスを履いていたことがある。でもパカパカでカッコ悪いのだ。でも、補装具じゃなくて。スニーカーでもなくて。カッコ悪いのは分かってるけど、自分の足に適していないのは承知の上だけど違うのが履きたかったから。ハイヒールは立ち上がれないって初めから分かるけど。

伝い歩きしかできない（妊娠・出産を境に、伝い歩きも今はできなくなった）。補装具を付けて松葉づえで歩いていた時代もあるけど、ほとんど歩いてないから、赤ちゃんみたいな柔らかい足裏の持ち主であまり発達していないのだろうね、足が小さいし土踏まずなんぞ見当たらん。縦もだけど脚の面積が小さい。

パカパカの足元を見てある人が言ったらしい。「あっちゃんにはお母さんがいないから、あんな風に履いちゃうんだね……」「おかしいよ、あってないよ、はずかしいよ、あっちゃん」って？　そう言いたかったの？　勝手に〝かわいそうな人〟にしないでほしいね。

㋜ 好きなキャラ

昨日初めて会った人。
友達になれそうなぐらい波長が合いそうな人に感じたなぁ。
また会えたら次は名前を聞きたいな。あのマダムと彼女のご主人に。

「明るくていいわ」

「やっぱり仕事したり、外に出た方がいいもんね！（リフト）動かして下ろして大変だわぁ……。でも色んなものがあるね」

「雨だともっと大変だけどね」

「でも出れるといいもんね〜」

「そうそう」

コンビニの駐車場で車から降りて、膝歩きでトランクを開けようといつものようにヨタヨタしてる私。

美容院に行った後、家に戻り着替えてからだから、エネルギーを消費した後で余計にヘロヘロ。

「手伝えることある?」ってマダムが声をかけてくれた。

そのマダム曰く、「私、いまパジャマで来ちゃったもんで、あんまりいっぱい動けんけどさ」って。

パジャマを連呼してたよ。フレンドリーな人。年齢は……五十半ばくらいかな。

わちゃわちゃしながらも(笑)。

「じゃトランク重いので開けてください」

「下ろす?」

「リフトは私できるので、車イスに座るときに手を貸してください」

「ＯＫ！」

ご主人らしき方が登場。

わちゃわちゃ、私たち大きな声で賑やかに。

「こっち、側に来て、こっち、片手を貸してください」

「こう？」

みんなで、「ヨイショ」

乗れた〜〜〜。

「あぁ……ありがとうございます。あー疲れますわ」

「私も車イスは乗ったことあるんだわぁ、怪我したときにさ」

「俺もあるよ」

「へー」（夫婦揃って⁈　それとも時期は違うわけ？　って聞こうと思ったけど、話が長くなると申し訳ないからやめた）

「でも大変でも明るくていいわぁ、悲観してないから。終わるまで旦那さんもいるからさぁ。私、待ってるから行っといで！」

で、済ませて戻って。

そのマダムが「私がやるから」って言ってくれて。

リフト操作は、エンジンをかけてやらないとバッテリー消費するから。

でも手動アクセルブレーキなわけ。（切り替えられるけど）マダムはそのまま……。

「そのレバーを前に動かすとブレーキです」って私言うよね〜。

手動アクセルブレーキって言うと……。

「さわれなーい」ってビビっちゃう人は多いけど（慣れてるというか）マダムは、さっと。

イイわぁ……こういう人。

私に興味持ってくれたのかなぁ。

「働いてるの？」

「今は専業主婦で〜」

「イイね！」

「ちょっと前まで育児をしてたんだけど」

「子どもがいるんだぁ？」

「三年くらい前に病気で亡くなったもんだから……。今は時間が結構あるんだけどね！」

最後に

「〇〇の人？」

「はい！　〇〇町。すぐそこ」

「そうなんだ！　また会ったら声かけてね！」

「ありがとうございました！　またそのときはお願いします！」

何か、初対面なんだけども合いそうなタイプだと思う。

美容院から帰宅して、ゆず茶飲むと活性化するの？

尿意がさ。家に着いてトイレまであとちょっとが間に合わず。安心感で緩むのか……運

転席に敷いているクッションも濡れてさ……。

しゃーない。
まぁよくあることだから、ね。
（たまに、盛大に落ち込むけども）

カラーリングの間にね。聞かれると大抵、味が好きだからゆず茶を選んでしまう。
車イスにしようか、車にしようか、どうしようか散々迷ったけど。
着替えてから、車でコンビニへ。

きっとね。
車イスで、行っていたら、会ってない。

楽しかったわ。
人との関わり、ふれあいは大事なことだし。
声をかけてくれるって。

お互いに嬉しいね！

生きることは、変化すること。何気ない日常でも、思い出すだけでハッピーな気分になれる。

行動と気持ち次第で、昔は想像できなかった自分に変化できる。

人との関わりがあると〝私、生きてるなぁ〟と思える。心を豊かにしてくれる。

ふれあいが心動かされる。

一目惚れも心震えるし。

やっぱり〝人〟なんだと思う。

〝出会いがない、出会いがない〟って決めつけちゃもったいない。

その出会いが恋愛じゃなく始まったとしても、変わることもある。

『ホントにないの？』

『見てない、見えてないだけだよ』って思う。

「自分の理想のタイプじゃないからでしょう？　だから出会いがないって言うんで

しょ？」

先日、ＹｏｕＴｕｂｅである対談を見ていた私は、顎がはずれそうなくらい頷いた。


出会いなんてどこにでもある。

昨日の私みたいに。

友達だって出会いだから。

性別や年齢は関係ないと思う。

嬉しかった……。

翌日になっても思い出すと幸せだ。


帰宅して、何だか隆誠の動画が見たくなり毎度のことながら泣くのだが。

楽しかった思い出を大切にして、未来のために何をするのかを考えた方が献身的だから。

コンビニに行ったら、こんな出会いがありましたって話。

㋝ セーラー服は正装？

生理痛がひどくて、毎月保健室のお世話になっていた。座っていられないくらい重かった。

「一度、病院に行ってみたら？　お薬もらえるかもしれないし」

『見られるの？　やだなぁ……』と思っていたけど、行ってみた。

当時、私は中学生。

学校帰りだったからだと思うけど、セーラー服で婦人科を受診。

待合室からすでに落ち着かない。

何か言いたげな視線を向けられているし。


学生の正装だからさ。

いや、でも私服のジーンズとトレーナーでも私は見られていただろう……。車イスって目立つのよね。

『ニンシンシチャッタノ？　コノコ？』

そう思ってる目だな。でも違うから！

ＹｏｕＴｕｂｅで観たタレントのＳＨＥＲＲＹさんのチャンネル。性教育がテーマで。生理の話も、婦人科に行ったときの話も、色々あって大切なことを解りやすく明るく教えてくれていて。一人で婦人科にお薬をもらいに行った学生ちゃんのことを褒めていた。私も褒めてあげたい。

セーラー服、いわゆる……学生服って、冠婚葬祭でも着られるもんね。正装なんだよね？

㋛「その脚どうされたんですか？」

車イスに乗っている私を見て、健常な人によく聞かれる。

「その脚はどうされたの？　事故ですか？」と一万回、もっと聞かれているかもしれない。聞くなとは言わないけど、毎回聞かれるから答えるのが面倒に思う日もある。正直事故だろうが生まれつきだろうが『どうしたの？　って歩けないからさ』って思う。

『聞いてどうすんの？　聞いた後は？　それで？』って思う。ずっと不思議だったけど……。


ついこの前、知人のインスタライブを視聴していて、私はこうコメントを入れた。

「車イスの私を見て〝その脚どうされたんですか？〟一万回は聞かれてます。何か、会話が弾むような上手い返し方があったらみんなに聞きたいです」と。


そうしたら！

考えもしなかったことを言ってもらえて嬉しくて爆笑してしまった。

「一万回も聞かれるなんてすごいよ！　きっと話しかけたら答えてくれそうだなぁと思ったんだと思うよ。きっと優しい方なんですね！　そういう雰囲気が出てるんじゃない？　聞いてくれるってことは興味を持ってくれているってことだから教えてあげて！　上手い返し方って、サービス精神旺盛だね！」と。

初めて言われた。
確かに「あっちゃんて、話しかけやすい」「話しやすい」と言われる。
楽しい、面白いとか。
優しいは、たまに。
友よありがとう。

どんな反応をするだろうと思って
「どっちでしょう？　どっちだと思います？」
私、半笑いで言うときも。
深い意味はないんだろうけどね、多分その人と私は初対面とか、そんなに親しくないけど興味本位で、とかね。

「大変ですね」って返されてね。

「大変じゃないですよ」ニコッと。

「そうなんです、大変です冬は特に」とか言っちゃう日も。


『変わっていただけますか』心の中で思った日も何回かある。

なりたくて障がい者になったわけじゃないから。

でも、受け入れて時には武器にしないと、治るものじゃないからしょうがないし、何をするにも時間が掛かって泣けてくるときもあるけど無視したくてもできない、もはや腐れ縁の相方。思うように動かなくても付き合っていくしかないから。

あっ！　こういうのが「大変ですねぇ」になるんだ。そうだね、きっと。

だから、私は大変って言わないのかもしれない。

できることはあると信じて好奇心を大切にして生きていたいと思う。その方が楽しいし元気でいられると思う。

「かわいそうにねぇ」っていきなり年配女性に泣かれたときは若干引いたけど。だって知らない人だし。

誰かとだぶったのだろう。

「かわいそうにねぇ。飴あげるね」には、

『うわっ、そういうおばあちゃんに私も会えたわぁ』ってテンション上がって「一万円だともっと嬉しいかも」って言ってしまった。


ワタシカワイクナイネ。

もちろん、お礼は言った。

おばあちゃん、ありがとう、この飴美味しいねって（笑）。

子どもがね、じ〜っと見るのは……。夫の考えを聞いてみた。

「小さい子は、障がい者を初めて見るだろうから仕方ないよ、初めてで怖いのかもしれない。怖いからママにも聞けなくてじ〜っと見てるんだと思うよ」自分の子どもがずっと見ているとを本当は気づいているけど見ていない振りをしてると思う。きちんと教えないからいかんと思うよ」と。

「じ〜っと見ちゃだめ」「触っちゃだめ、すみません」とかね。

じ〜っと見てるなら聞いてくれていいよ。中学生までは見られるのが嫌だったけどね。

「小っちゃい子が、じ〜っと見ちゃうのはそうか……仕方ないか」

でもなぁ……思春期だったし、傷ついていた。

大人になったって、先入観を持つと視野が狭まったり目先のことで頭がいっぱいで考えられないときもあるもんね。

子どもができてからは、見てくれると嬉しいし話しかけてくれたり、車イスに興味を持ってくれると「いいよ」って言っちゃう。活発な性格の子だとガンガン質問してきて忙しいし、面白い。

りゅうちゃんのための幼稚園の見学に行ったときなんてみんなからの質問攻めと、工作とか折り紙をいろんな子が持ってきて見せてくれて、囲まれてさ。

〝おばちゃん〟連呼してくれて『おばちゃん？　そ、おばちゃんだよぉ。初めて言われたけど』と思ったね。
先生は苦笑いだった。

電動車イスは触ってみたいよね。

「ピンク、かわいいね！」

親戚の家に集まったとき、私はトイレに行きたくて、自宅じゃないし間に合わないと困るから夫に抱っこしてもらってトイレに行って、帰りもそうしてもらったら「ママ、何で抱っこされてるの？」と女の子がママに聞いたことがあって。
そのときママが「ラブラブなの」と言ってね。

ま、夫と私、仲良しではあることには間違いないけどね。
オブラートに包まなくてもいいのよね。
「病気で歩けないんだよ」

子どもが車イスに乗っている人を見て聞いてきたら、説明してあげて。「聞いてみようか？」と私だったら寄ってきてくれてもいいぐらい。

私も「興味ある？　触っていいよ」と言う。

だって嬉しいことだよ。

ⓢ そば打ち

早期退職した人、定年退職した人がお蕎麦屋さんを始めたというのをよくテレビで見る。

魅了される訳を知りたい。

夫も私もまだ分からない。

六十を過ぎた辺り、またはそれより前。思う瞬間、思い立って決心してお店を出すと言うんだろうか。

以前、働いていたとき部長が「そば打ち体験するか？」と言って誰も賛同してないところを見た。いま、お蕎麦屋さんしてたりして！

(た) 畳、いい……いい。

和室、作ってよかったよね。

客間になるし、夏はクーラーの利きが良くて夫の寝室になるし。

りゅうちゃんが畳が好きみたいで。気持ちがいいみたいでよく、モデルハウスを見に行ったとき退屈でぐずるんだけど、狭いベビーベッドで寝かされるより畳の上や、木の程よくひんやりとしてるのが心地よさそうで。落ち着いていて畳を触っていたから。イグサの香り、お昼寝は最高だよな。


まぁ、ぐずったときには星野源さんの〝ドラえもん〟なんだけどね（音楽ってすごい、そしてスマホがあって良かった。結果スマホ大好きになっちゃったけど）。


親族に畳屋さんがいる。

伯父が職人さんとして始めて、母が学生のときからずーっと家族でお世話に今もなっている。今は代が変わったけれど、いてくれるという安心感がある。家族のことで何となく話を聞いてほしいとき奥さんに私は連絡する。

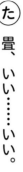

伯父の家が母は好きだった。

安心という信頼は大切だと思う。
少なくなっているかも。家に和室を設けるのが、それに伴って畳屋さんも。
心を落ち着かせてくれるものが家にあって、身近な人がそれを作り続けてくれていて。
存在がありがたい。

寝転ぼうっと……。

ち 腸の摩訶不思議

※おやつを食べながら読んでくださっていたら、食べてから読んでくださいね。

小さい頃から便秘体質。高い料金払ってもいいから自分のお腹の中を見せてほしい。見て納得したいのだ。特番ができると思う。

何が不思議かと言うと……。

お便さんの一回量が『たくさん食べたのにそれだけ？』とがっかりするときがあるし、『一体どんだけ溜まってんの？』お腹・左側がいつも突き出ている。食べた後は当然その食べた分お腹が膨らんでいる。朝起きるとちょっとへこんでいるんだけど、一晩でどの部分まで お便さんは移動したのだろう……。

納得いかないのが、少ないお便さんのくせに、出したことで直腸にスペースができて、お尿さんが数分で出てくる。私は、お便さんを出したいのに、体が軽くなって楽になるのを知っているから。なのに……。お尿さんばっかり出て振り回されて午前中が終わること。座っていてもチョロチョロ。だから時間が掛かるし冬だと寒いし、外出しなきゃいけないときにのんびりしていられないから、さっと切り上げてトイレから出て着替えや洗顔などをしようと動き出すとお便さんで圧迫されていた膀胱がどうにかなって、お尿さんが下りてくるのか？　わずか十分弱で。

十分弱で強い尿意が。

いきなり強くなるからイラッとなる。分かってるけど、焦ってばかりだ。

『座っててもチョロチョロだったのに、そのとき出てよ』と思う。

どんだけ圧迫してんの？

朝起きる。

始めのお尿さんを出す。

食事する。

お便さんを出す。

約十分後にお尿さんを出す。

着替えが済んだら出発前に、お尿さんを出す……。

すると、お腹がへこんでジーンズのウエストがさっと閉まるって、最近分かった！

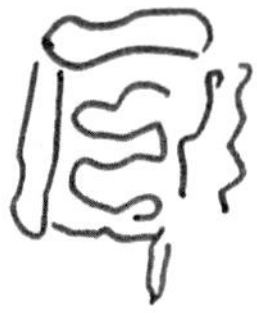

ち 駐車場でイナバウアー

産後五カ月の頃。

家族全員分、バレンタインデー用に何か買いたくて久しぶりに一人で出かけた。買い物を終えて車に何とか車イスを載せて、さぁ乗って帰るぞと……。

〝よっしょ〟と気合のような、勢いをつけないと力がすごく必要だから。脳に信号が伝わるのが遅いし、言ってしまえば〝大変〟なんだけど(まぁ、あんまり言いたくない。なぜなら言っても自分の体だから。それが私の場合のフツーだから)。たまに意図しない動きをすることもある体だから。いきなり転ぶとか。健常な人だと加齢とともにつまずく・転ぶようになるけれど、生まれつきの障がいだったら、それがわりとあることで。だから松葉づえを使って歩いていた子どもの頃はよく転んで頭を打つためヘッドギアを着けるように言われたけれどカッコ悪くて嫌がっていた。

イナバウアー? 何が? と読者は意味不明かもしれない。

左脚を〝よっしょ〟と上げて車の中へ。かなり傍から見たら危なっかしいギリギリの体勢で、脚を上げるのだ。必死だよ。ギリギリで支えながら、もう片方、右脚を入れる前に！

そのまま動けなくなった！

どうしよ！

跨いだ左脚を戻す力もなく！　このままアスファルトで頭を打つかも！

イナバウアー。

結果、その体勢になっちゃった。手を離したら絶対に転がり落ちるから。

絶体絶命のピンチ。

車を運転できるから、あっちゃんいいよね！　じゃないから。困ることあるんだから。

もう怖いし、なかなか人が通らない。声がやっと聞こえたけど大声がさっと出るような体勢じゃないわけ！『何か声がする……！！　すいませ～～～ん！　助けてください！！』
三回は叫んだかな？
奥さんが先に気づいて「ん？」って
イナバウアーと奥様、目が合ったわけ。

「助けてください！」


で、ご主人がとことこ。

ご夫婦が、助けてくれた。


脚を戻すだけでは支えられず転ぶだろうし、一緒に転ぶかもしれない。

「大丈夫?!」

「どっ、どっ、どうする?!」

「一回出ないと多分だめなので脇を持って抱えて出してください！」

もう、ヘロヘロ。

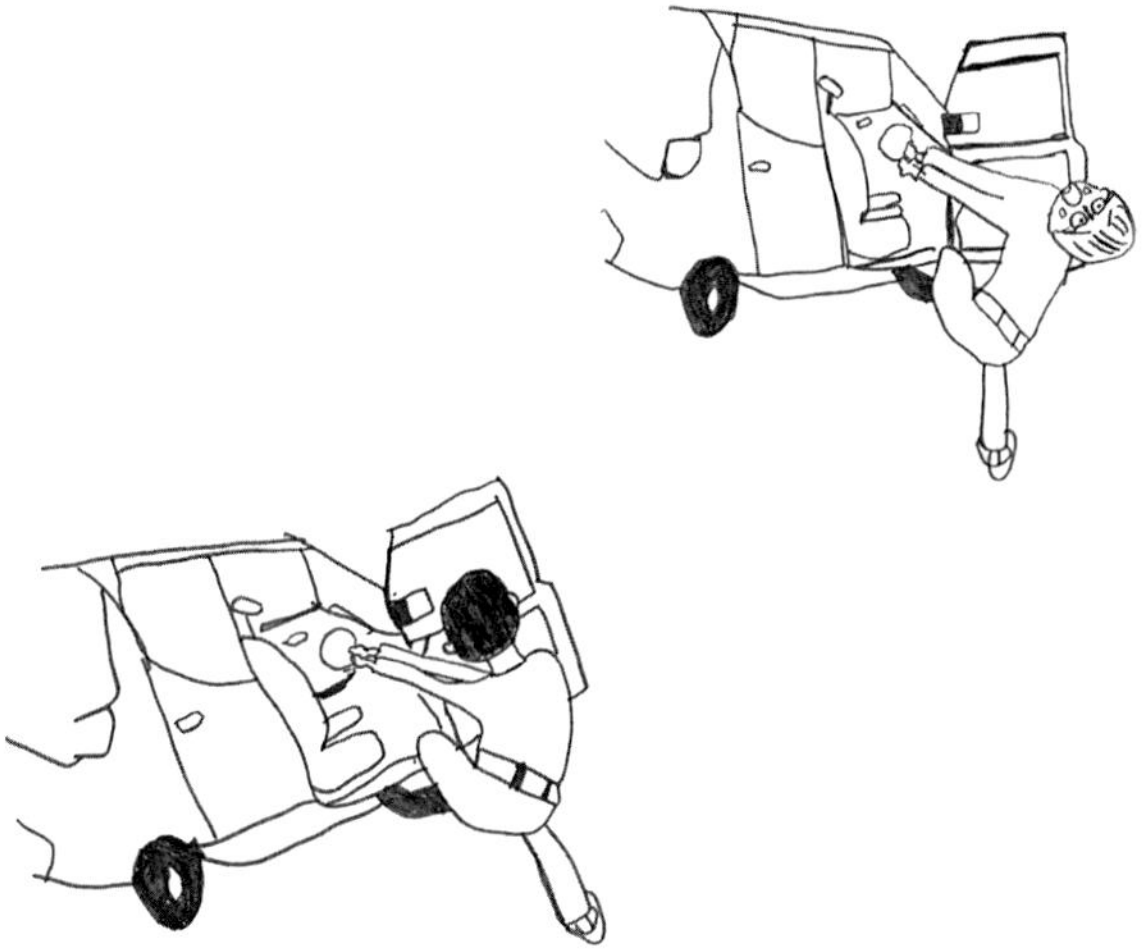

つ 疲れているサイン

ピーラー、玉ねぎ……。今落としたくないときなのに落としてしまう。お勝手でもそれ以外でも、作業に疲れてくると何回も落としたり、姿勢が保てず転びそうになる。

落として、車イスに乗ったまま取りたいけど体を前や斜めに倒せない。正確に言うと、十分に曲げられないのもあるし、体幹が弱いから車イスから落ちそうになる。

〝脳性まひによる体幹機能障がい〟のせいだけど。なぜ、私が〝せい〟という言い方をするのか。

それは、イラッとするから、障がいとアタシは長い付き合い・腐れ縁の相方だよ。相方がいることで覚えてもらえる、感受性も小さい頃から豊かさはそのままだと思う。悩むし。傷つくし。共感できるし。相手の気持ちを理解したいと思うし。秒で泣けるし。怒るし、顔に出ちゃう。

家だから言えちゃう。感情出しまくり。

「もう！　くそ！　何で今落とすの?!」

「うっ、うっ」

さっと取れない。

諦めて、車イスから降りて取るんだけど、乗るのが筋緊張との闘いで『さっき乗ったやん』と、ちょいおこ。

りゅうちゃんが、小さな手で取ってくれていたんだよな……。

まだしゃべれなかった、歩けなかった子。頼んで二回までは拾ってくれてたなぁ。

思い出してしまう……。

玉ねぎ一個を拾い上げ、ウルウル。

ⓣ 手にボンボン

掌がこそばい（こそばい、は兵庫県の方言らしい）。くすぐったい。

夫が面白がって、私の掌をくすぐる。

「手にボンボンがついてるんじゃないの?」と言い、指先に付いた見えないボンボンを引っこ抜くようにして取る。取って放り投げる。

取ったつもりが、なぜかまだ、こそばい。

もっと謎なのは、自分で自分の掌を、くすぐるというか同じ動作をしてもこそばいことだ。

しょうもない話だけど、おかしいでしょ。

㋢ テレビって友達？　お客さん？

いつだってしゃべっている。一人でもそうだから、テレビが相手でも多分毎日しゃべっている。小さい頃から変わらない。テレビもラジオも点ければ、ずっとしゃべってくれているもんな……。目の前に人がいるかのように、テレビやラジオを相手に話している私。

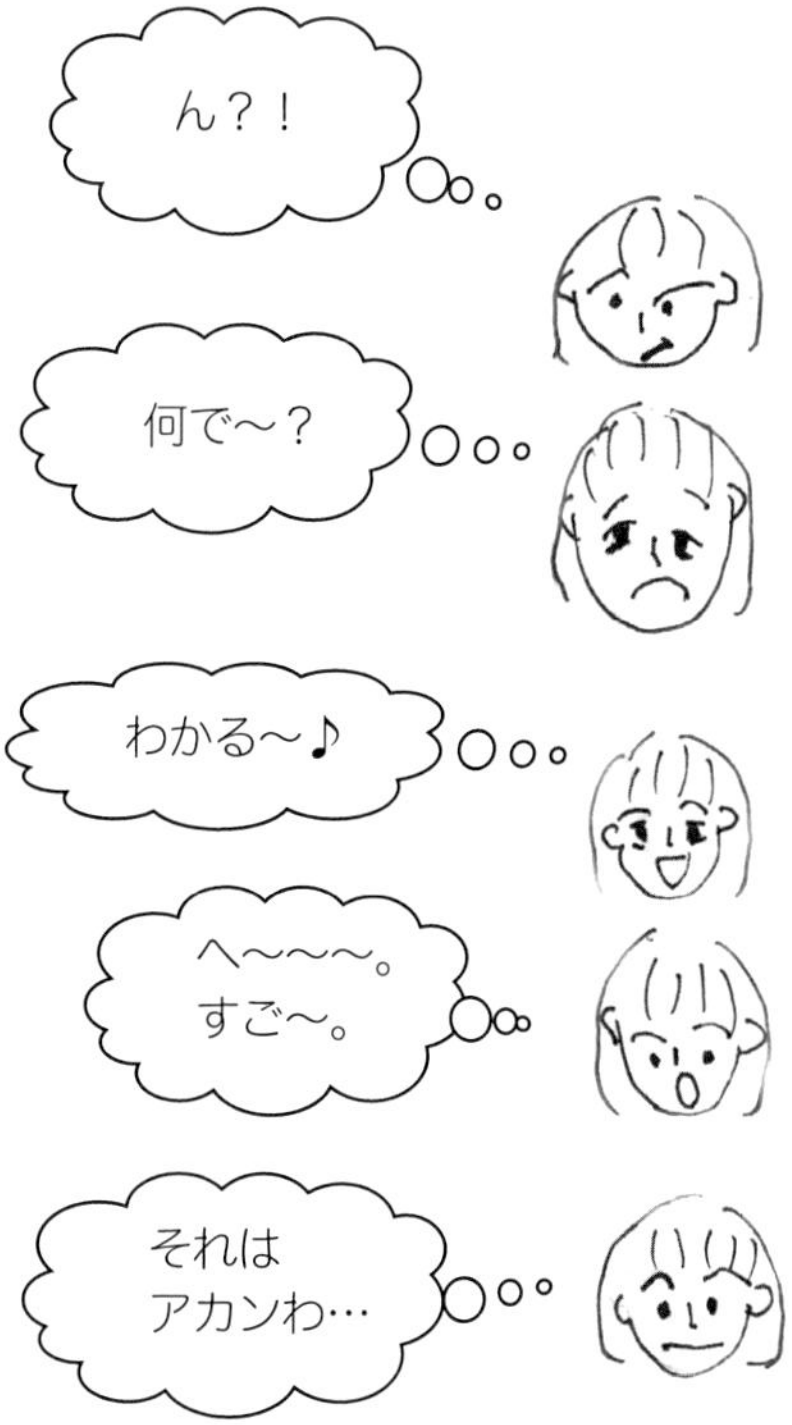

　お客さんも友達も来ていないのに話し声がするから、部屋から出てきた夫に「何か話してたよね？」と言われてしまった。声が聞こえていないと寂しいから見なくても点いているし、私の感情を揺さぶるのもテレビだし、情報を取

得するのも大体はテレビだ。幅広いジャンルをみるが、ドキュメンタリーや、トーク番組で多く私は話しているような気がする。実家のトイレでしゃべってたら父に返事されたことがある。

トイレに、友達もお客さんもいないのに。

ⓣ トイレのはなし

「トイレの話？　またかよ！」と思いましたよね……。長い話になるから、読んでいる途中でトイレに行きたくなったら急いでね。

でもこれ重要な話だから。

『前向きに、前向きに』と心掛けているだけで私は〝元々前向きな人〟ではない。出先で、トイレに間に合わず漏れちゃった、車イスまで濡らしちゃったときは家に帰ってからすごく落ち込み、生きていることがつらくなることがある。

「時間を決めて行けばいいじゃん」と言われても、思わぬときに訪れてくれちゃう尿意にはどうにもならない。「どうせあなたには分からないよ」相手が上司や目上の人だと言いたい気持ちを我慢して、どうしても涙目になってしまう。ダッシュでトイレに行ける俊敏な体ではない。行こうかな？　と思った瞬間、強い尿意で攻めてくるんだから。嫌にもなる。すごいストレスだ。

そんなの知らんわ、自分の体なんだから自分で備えろよって話なんだけど。

受け入れてはいるけど、時々思ってしまう。

コンビニに立ち寄って、

『ささっと車に乗り込めていいなぁ……。私はまだ車イスを降ろしている最中だよ……』。限られた力をいっぱい使わないと上手いこと動かない体。前向きを心掛ける私が心底、健常な人を羨ましいと思う瞬間だ。『五分以内でトイレから戻ってこられるって、あなたさ、その体マジで羨ましいんだから』と心の中じゃ思っているんだよ。

昔、十歳上の同僚の女性に「若くていいね」と言われた。年齢を気にする気持ちも分かるけど、生きている限り歳は取るものだし、比べても仕方ないと思う。「順番だからしょうがないじゃん」と言ったらお気に障ったようだったけどね。〝言ってもどうにもならないでしょ？〟は、飲み込んだ。

〝年齢が羨ましいって言うけど歩ける、さっと動けるあなたの方が羨ましいわ〟これも飲み込んだ。

それ言われても困っちゃうって分かるからね。

話が逸れてしまった。

備えていることを書くと……。

尿とりパットじゃ駄目でいろいろ試した結果、外出するときは大きいタイプの吸水シートに落ち着いた。車にも吸水シートを常備している。車のシートまで染みてしまうと大変なことになるから、もしものときのために敷くことにした。一時間かけて通勤していた頃に、トイレに間に合わない！　体が言うことを聞いてくれなくて、心身ともにかなりストレスがあった。

分かってもらうには難しいから、つらかったなぁ……。なかなか言いにくい、いや、とても言いにくい。言いにくいけど言わないと分からないから。かなり勇気を出さないと、何なら割り切らないと。人生はとても長いから。

『こんなの付けないといかんのだな……。切ないなぁ」と時々、ため息が出る。でもこれが一番で、極寒の日とか生理前とか、キャッチできないときもあるし、夏なんて蒸れる。車イスに座っているから蒸れるんだけど。昔から間に合わないことはあったけど〝常時、使うようになったのは三十代からだ。ちょい漏れってレベルじゃないから大変。激しく落ち込む日もあるけど、自分の体だから工夫しながら付き合っていくしかないんだよね。生きていたら、つらいこともある。つらいことの方が多いかもしれない。それでも生きていないと、この先起きるかもしれない楽しいも、嬉しいも経験できないと思うから。

せっかく早く家を出たのに急な尿意で仕事に遅れたときは悲しくて悔しくて。急でかつ強い尿意に私は完全に余裕を無くして、絶対に私の血圧は上昇していると思う。運転中という状況下で危険だし。台無しの状況になるけれど、いっそ出してしまえと、我慢することを諦めるという選択をすることもある。

体格に合うオムツが無くて漏れたり、吸水シートでも念入りに確かめて装着しないと漏れてしまうので時間が掛かる。パットや吸水シートの方が、私には使いやすいと分かった。冬場などコンディションによって、大量放出されてキャッチできないこともある。それでも身体的ストレス、精神的ストレスは少なくなった気がする。昔から〝トイレ問題〟は抱えているけど、筋力低下も関係しているかもしれない、ここ数年でかなり変わったと思う。「カバン重たいね」ってたまに言われる、だってそりゃ、嵩張るけど状況によっては財布よりも大事だから。車には着替え用に、靴下とバスタオルも積んである。間に合わなかったら着替えるんだけど、そうなるとね……。

いつものトイレが急いでも十分は掛かる。これが着替えるとなると倍の二十分「は」掛かる。絶対に掛かる。

そういうときに限って、

「まだですか⁉」

「遅いね」

「まだなの⁈」

「全然出てこないんだわ！」


トイレの外でブチ切れされちゃう。

半泣きだよ。


でもさ、「あっちゃんは自分でトイレに行けるからいいよね」とか言われてモヤモヤしたこともある。

できることはしたいけど、その「できること」は、〝時間は掛かるけど〟という枕詞みたいに前置きした上での、「できる」だからなぁ……。とか思い始めて落ち込むときもある。

頼んだ方が楽かな？　その方が早いかな？　とかジレンマがある。

何ができて何が難しいかは人によって違うから、散歩に出るだけでも違うと思う。何かしら発信しないと健常な人たちには伝わらないから。大変だからって、ずーっと家から出ないで人生を終えるなんて想像すると私は悲しくなる。通院だって外出だから。

心も健康でないと調子が悪くなるから。そのためには社会との関わり人との繋がりが、より大事なんだと思う。

(な) なぜカーディガン？

「トレーナー着ないの？　フリースは？」

「何となく、いいかな？って」

「寒いでしょ？　何で？」

「面倒くさいなぁと思って」

Tシャツが肌着でその上にカーディガン。

はい、もう完了。

冬なんだよ?!

私は寒くてモコモコの靴下を履いて、フリースブランケットが背中にあるのが常なのに。

「寒くないのぉ？」

夫はリビングの入り口側が座る定位置なんだけど、わが家の部屋の引き戸は危険回避と負担軽減のため引き戸レールが無く、つり上げ式になっている。だから下に隙間があって玄関からの冷気が入ってくる。

「寒いんじゃん」

このページを書いているのが三月。

秋から真冬、もう昼間は暑く感じる日もあるくらいになっちゃったわ。

㊥な、な、何の音？？

「ゴーゴー」

昼寝から目が覚めて、眠気眼だからだと思うけど。

『トラックがこんなに何回も家の側を通るだろうか？　ひっきりなしだよ？』


寝ぼけていたんだ……。

音の正体はトラックではなく、夫の盛大ないびきだった。

夜寝るときはシーパップを装着している。空気が漏れるのか、始めの頃ピーピー音がしたりとなりで寝ていたら風がきて、私は笑いが止まらなくなったことがある。でも私がどうであれ、夫の睡眠が改善されて良かった。


夜中にスマホケースをパタンと開け閉めするような音がしたり。

「ん？　何？　呼んだ？」って聞きに来て「呼んでないよ」とか。

「りゅうちゃんかもね」

「そっか♪」

ほっこりする私たち。

隆誠が亡くなって間もない頃、夫が子ども部屋の扉を「ちゃんと寝てるかな？　と思って開けちゃった」と言っていた。

私は私で『○○と○○どっちの診察に行こうかな』と隆誠の予定を立てようと考えてしまったことがある。

音がしたような気がするとき。

私が泣けてしまうとき。

何か伝えたいことがあるのかなと思ったりする……。

㊁ NINKATSU

「明るいから……」

看護師さんが言った。何となく話しやすい雰囲気の人だったからかもしれない。私は、待ち受けにしている息子・隆誠の〝奇跡の一枚〟を見せた。

チラッと見えたと思う、かわいすぎて。


二〇二一年の二月、第二子を流産した。

明るいんだろうか？　私は。

『そうだよねぇ……。子どもを以前病気で亡くして、次にできた子を流産してしまったにしては落ち着いてるかもしれんね』

人と話すときには、ある程度の〝スイッチ〟を入れているから。

私たち夫婦にとって、この時期に授かったことはとても大きく、より特別な意味があった。

でも、初めから出血していて、『無理かもしれない』と、不安しかなかった。

隆誠が元気だった頃から二人目が欲しいと言っていた私。

夫はというと、欲しいけど不安の方が大きくて、

「ほんとはすごく欲しかったけど、あっちゃんがもっと大変になるだろうとか、疾患のある子だったらと思うと怖かった、はぐらかしてれば諦めてくれると思った」

と、隆誠が亡くなった後、泣いて打ち明けてくれた。


夫も心の葛藤があったんだと分かった。

本音がずーっと聞きたかった。どう思っているのか、なかなかはっきり言ってくれなくて。つらかった。

隆誠が虹の橋を渡って、夫も私も心に大きな穴が空いてしまった。

全く思いもしなかった出来事で、寄り添うように乗り切った一年で、一周忌を過ぎてから妊娠が判った。

嬉しいけれど、

『思いっきり喜べなかったなぁ……。だからかな……』

どうしても心の底から喜んで笑えないのだと思う。

お腹の中で亡くなっていた。

つらかった。「ごめんなさい」と言って診察室でぽろぽろ泣いた。

『家に帰ったらお義母さんと話したい』と思った。甘えたくなった。実母はいないけど、気持ちを話せる人がそばにいてくれて助かった。


四十二歳で自然妊娠できた私、誇りを持とう。

すごいことだと思う。

授かりものというもんね……。


三十七歳で初産。

隆誠はすぐに来てくれたのになぁ……。三十七歳と、四十二歳では違うんだなぁ。時を戻すことはできない。

流産したあと〝もう一度だけ頑張りたいんです〟と。流産の影響もあり排卵日予測ができず年齢的にも不安定なため、一人でモヤモヤするなら受診して話を聞いてもらおうと思った。

「今まで妊娠できているので不妊ではないけれど、リズムを整えられるようにやってみましょう」と言ってもらえた。「年内は続けよう」と夫婦で話し合った。時間か回数どちらかで決めないと精神的に負担になってくるし、でもできることはしたいと思った。

自分で決めたタイムリミットが迫るし、毎月注射を打っても、卵胞の育ちが不十分で、人工授精を見送った月もあり落ち込んだ。またリセットでお薬をもらい、その日は「あーたんの好きなお寿司食べようか？」と言って夫が励ましてくれた。

人工授精は二回できたが、授かれなかった。

でも頑張ったと思う。

二〇二一年十二月末日のこと。

先生たちに隆誠のことを知ってもらうために前作を呼んでくださいとお伝えして。

「あっちゃんの妊活は終了だよ」と泣きながら友達にＬＩＮＥした。

(に) 肉？　えー。牛？

「今日何にするの？」

「肉」

「えーっ、牛なの？」

「豚も、鶏もあるじゃねぇか」


夫の実家に住んでいたときの話。親子のやり取り。

夕飯のおかずは〝豚の生姜焼き〟に決まったらしい。


「○○くんが、玉ねぎいっぱいの生姜焼きが良いって言ったから」

「そうなんだぁ」


私は決まる前の二人のやり取りは知らなくて。

帰宅した夫に「玉ねぎいっぱいがいい」って言ったの？　と聞いたら……。

「そんなこと一言も、言ってない。確かに好きだけど、今日は言ってないよ。俺は、えーっ、牛？　って言うから豚も鶏もあるじゃねぇか……って言っただけだよ」と。

やり取りが笑えてしょうがない。パソコンで打ち込んでいる今もまだ笑うことができる。

鉄板ネタ。

一番好きな話。

生姜焼き、玉ねぎいっぱいだと、より美味しいもんね！

㊁ 二の腕、叱られる

ラーメン屋のカウンターで、マジで叱られた。

幼馴染の二の腕を触ったら、『そんなに怒るの?』と私もびっくりした。マジで叱られたことがある。

女子二人、男子一人で食べていた。

私たちは幼稚園児の頃からの友達だ。

あっ、急に触ったからだね。

「いい?」って聞いたらOKだった?

いや、絶対に「やだ!」って言うなぁ……。

私は彼女に謝り、二人を見てくすくす笑っていた幼馴染の男子。

私は……。夫の二の腕が好き。すべすべ。

だから好き。
触っても怒らない。
良かったぁ。
忘れてないよ、ん？　忘れてるときあるか……。

ちゃんと聞くよ。

「いい？」って。最近さ、ピクってなってた。私の〝びっくり反応〟とは違うけどね。理解されにくいけど違うんだぁ。

ぬ「ぬーん♪」から始まるやつ

ずっと分からない。
ググっても出てこない。
同じ年の夫も知らない。
幼馴染も、兄も知らない。
もはや、幻か？　自分で作ったのか？　子どもは遊びの天才だからな……。

ぬーん
きんきんきんきん金太郎
鼻食べて
口食べて
ぜーんぶ食べても金太郎

小学生の頃、家族で遠くに外泊したとき、退屈する車中で私は歌って遊んでいた。三列シートのワゴンで、私は前の座席に掴り身を屈め「ぬーん」と言いながら顔を上げて歌うのだ。
記憶は、しっかりあるのだが……。
何だったのだろう……。
今も分からないままだ。

ね 寝返りしまくる、笑い堪える

夜中にトイレに行きたくなって目を覚ました私。

用を足しベッドに戻ろうとしたら、私とは別の薄い布団で寝ている夫が熱いのか、寝返りを繰り返していた。

何が笑えるって、寝返りしまくっているのだ。

結構長く。動く、動く。

起きてしまうから笑いを堪えるのだけど、しばらく見ていたら……。

椅子の脚の間に、斜めに上手に足を突っ込んでいて。

その椅子というのが、私がベッドに乗る際に第一段階として使っているのだ。元々、股関節の可動域が狭く足が上がらないのと、膝を痛めているので力が入りにくいから、頑張って上がったとしても転ぶ可能性がある。無いとさっと上がれないのだ。

開けられないように長い棒をかませている、時代劇とかでよく見る家の引き戸みたいに。

斜めに上手いこと。動かない……。

逆に上がったら椅子は退けておかないと、足が引っかかって下りられずトイレに間に合わない。

自分のいい位置に椅子を動かしたいんだけど。

『私、ベッド乗れんやん……』

そしてだ。寝たままの彼は、また上手いこと椅子の脚の間から自分の足を抜いて、寝返りを繰り返し、こちらまで攻めてきてギリギリで引き返して自分の布団まで戻ったのだ。

笑えてしょうがない。

隆誠も、寝返りしまくっていた。親子だねぇ。

㋨ 飲みの日

二十代、毎日。
三十代、週二日に変える。
四十代、揚げ物デーを制定して、絶対この日は「飲み」なのだ。
あとは、自分を褒めたいとき。
自分を甘やかしたいとき。

だいぶ甘やかしてしまうときもある。
冷蔵庫を開けた瞬間、誘惑に惨敗するのは恐らくほとんど夏だ。

「甘いものが苦手なんです」と言ったら
「人生の半分ぐらい損してるよ！」と。
『は？……』『私、お酒があるから別にいいし』と思った。十分楽しいし、私は、スイーツ食べても幸福感は得られない。だって苦手なんだから。
ビールと鶏の唐揚げ。

「肉を食べているとき」が私にとっては至福のときで、食べる前から『帰ったら飲む』と決めているからモチベーションになるのだ。

昔、父が晩酌していてシーチキンや、タコの刺身をつまみに飲んでいたことがあった。私はその頃小学生だったと思う。横にいて、つまみをもらっていたなぁ……。父は瓶ビールを飲んでいた。自分で注いで、私にはその姿がカッコよく見えたのかもしれないが、だいぶ大人になってから、同じ動作を自分がしたら半笑いされたり、伯父には「女が酒なんか飲むじゃない」と言われたけどね。

母と私の違いは〝人が大事に取ってあるお酒まで飲まない〟ってことかな。母は怒られていた（笑）。

個人店の酒屋さんは少なくなってしまったけど、お勧めしてくれたりして私にとってはテンションが上がる場所。

(は) ハッピーピー

隆誠が亡くなってからやっている。

隆誠がしていたように、やっている。


Eテレで放送している「いないいないばあっ！」の中で、歌いながら体を動かして遊ぶ歌。

「ピーカーブー」と言って最後に両手を上に広げるのが正解。

でも隆誠バージョンだと横に広げる、とてもかわいい。


「ピカピカブー」が曲名なのに脳内変換して「ハッピーピー」になっていたんだと昨日気づいた。

それだけ時間が経ったんだなぁ……。観る必要が無くなった、観たいような観たくないような。始めからつらくなると分っていることなら観なくていいかなと思っている。


Eテレを朝六時から八時過ぎと、午後三時くらいから五時くらいまでの時間帯は一緒に観てたけど。

間は空くものの、夫婦でハッピーピーをする。

かわいくはないけど、楽しい。それが大事なんだと思う。

㊏ 初デートで会えない

待ち合わせ場所でなかなか会えなかった。広い駐車場を待ち合わせ場所にして、お互いに到着していて。

私『車から降りて、車イスなら分かると思うから○○の辺りで待ってるね』とメールを送った。

彼（夫）「そっちに行くね」と、返信。

……。

……。

待ってたら、私の目の前をスタスタ通り過ぎた。

「あっ！！　あっ！！　○○！！　○○！！」

「待って待って！！」

「あぁ……アカン。どんどん行ってまう！」

確か八月だった。首にタオルをかけて汗拭きながら歩いてて。でもって速い。歩けない自分からすると速いと思う。

私の体は咄嗟に動けない。通常モードが遅いから、急いでも遅い。これはたまにへこむのだ。

ケイタイをさっと出せない。当時は手動車イスを使っていたけど、もう長いこと酷使してガタがきてた。私の腕力のピークは中学生で、そこから下り坂。二十六歳で右肩が壊れた。いくら夏でも古傷は痛むのだ。絶対に追いつけない。こういうときに〝障がい者だなぁ〟と実感するんだよな。

「止まって！！　ぐるっと後ろ向いて！　いるから」

「えっ？　どこ？」

「だいぶ行っちゃったから取り敢えず戻って」

『これでまた通り過ぎたら笑えるけど』って、心の中で思ったね。

通り過ぎることはなかったと思う。
目線を下げないと分からんなと思ったね。初めて外で会った日。

さっ！ 行こうかと、コストコへ。

彼の車で行こうとしたら、ベンツなんだけど車イスがトランクに微妙に入らなくて。
私の車で行くしかなくなり、その後のデートも私の愛車が活躍することになったんだけどね。

夫婦になり親になり、マイホームの頭金のためにそのベンツ、売却なさいました。

ひ　日が暮れる

高校生の頃だった。

駅前の本屋。

買わなかった。

気づいたら外は暗くなっていて慌てたから。


東京には大きな本屋さん、古本屋さん、奥に入るとBARになっていて大人にお勧めの絵本の読み聞かせをしてくれる本屋さんもある。

地方に暮らす私は、東京のそういうところが羨ましい。でも地方だって本屋に入るとワクワクしてしまう。できればずっといたいくらいだ。

演劇を含め様々な芸術に生で触れやすいのが〝都会〟だと私は思っていて。それこそ一日が長そう。眠らない街・東京なイメージがある。

老舗が建ち並ぶ下町にも行ってみたい、間違いなく日が暮れそうだ。

ただ、どういう訳かトイレに行きたくなることが多い（どこにいても最優先しなきゃいけないくらいコレには振り回される厄介な自分の体）。トイレって奥しかないし、お客さんはほとんど使わないだろうから「えっ?」って顔される。使えそうになければ、名残惜しい気持ちと悔しさと緊迫感、みんな抱えて本屋を出て家路を急ぐこともある。

ちらっと見えた裏を行き交う店員さん。

「在庫管理されているんですか」と呼び止めて聞きたいくらいワクワクしたことがある。

書店員さんの一日も長そうだ。

ふ 太っても、太ったら、

二十代は、夏になると自然に痩せられていた。二十二時を過ぎても、ラーメン屋に寄って〝餃子セット〟を食べていた。ラーメンと餃子とライス小。行きつけで毎回食べていた。またあるときは、家でたこ焼きパーティをして、ビールとたこ焼きを女子二人で六十個食べたあとに、その行きつけのラーメン屋にタクシーで行ったこともある（酒のせいか満腹中枢がイカレたんだろう）。みんなでバーベキューしたときは、もうめちゃくちゃな量で、一瞬だったけど胃酸が上がってきたことがあった。そのときは『アホだな、さすがに食い過ぎた』と思った。

三十代前半までは、お昼用に炊いた一合で爆弾おにぎりに一品だけおかずを作り仕事に行っていた。「明るい子だよ！　大きなおにぎり食べてた！」。第一印象がインパクト大だったようで当時、私自身は転職したばかりで緊張していたんだけど。まぁ、覚えてもらえるし良かったと思う。

お弁当箱パンパンに白米入れたりしてたけど、
『たらふく食べると眠くなるかな』とか、

『ビール飲みたいからお米は減らそうかな』とか、
『何か、日本酒だと太ってきたなぁ、焼酎に変えよう』とか、
ちょっとずつ変えていって、たらふく食べた翌日はうんと、少ない量にするとかして調整するようになった。
ストイックにもできた。

太っても燃焼できていた、大丈夫だった、軽いから動きやすかった。

「細いよ、もうちょい太ってもいいよ」だの、

「もっと、太らなアカンよ大丈夫？」だの、

細い細いって、私自身は筋力に適した体型で、支えやすいからコレがベストだって何回も言ってるのに周りがいろいろ言うのはなぜ？

高二のとき、「えっ？　細いと思ったら、あっちゃんって……」とか言われて、

『便秘体質でお腹が張ってんのよ何か？』って言いたくなっちゃうときもあった。

三十七歳で初めての妊娠。増えていって、産後に支えるのが大変になった。一時期泣いて。落ちて増え、増え、私は太ったら大変なの。

『落ちなくなったなぁ』

体重測定は、車イスに乗ったまま測れるものが病院にあって（無いところの方が多い）、事前に車イスの重さを測っておいて引き算する。
または、私を抱っこして体重計に乗ってもらい、その人の体重を引き算する。

今年（二〇二二年）の五月……。
五十キログラムになってて、えらい驚いた。見たことがない。不妊治療の影響で体重が増えた人の話を数日前に耳にしたけど……時間経ってるしなぁ……。
加齢の影響か？

ダイエット再開！
戻りたい。

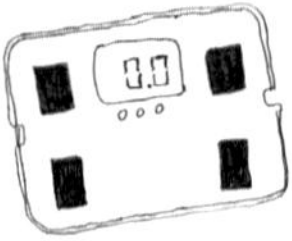

㊇ ヘッドギア、かわいいね

りゅうちゃん、かわいいね。

プーさん、ありがとね。

隆誠にも、プーさんにも、似合うちょい水色のヘッドギア。

体幹が弱いからよろけやすい。親の私の方が弱いんじゃないかと思うけど、何せ隆誠は、バランスを崩していつも頭を打っていたので咄嗟に支えてあげられない私としてはお互いの危険回避のために、隆誠が被るヘッドギアを申請した。

絶対に「嫌っ！」ってポイするだろうと思ってたから、慣れるようにおだてまくってね……。隆誠は多分、『被ったらみんなが喜んでくれるんだな』ってくらいのことで、ちょこんと乗せるだけだったなぁ。でもかわいかったなぁ。

『隆誠が歩き出したときのことを想定して自分用にヘルメット（防災用ではないのでそんなに頑丈ではない）を買ったのに使う必要がなくなっちゃったなぁ』って収納スペースを開けるとつらくなるから、置いてる位置に目を向けられない。

「被ったよ！　ママ見てぇ！」と頭に乗せている隆誠の動画をたまに見るんだけど、ウルウルしてしまう。

隆誠は、ずっと私たちのそばにいる。だから何で今「僕のだよ？　何でプーさんが被ってるの？」って不思議に思って「ママ！　ママ！」って言いながら私の手をトントンしてるだろうな。

家にいるプーさんは家族だもんね！

ね、りゅうちゃん。

ほ　方向音痴で避けた時代

免許を取って三年くらいの頃のこと。

「乗るしかなかったんだって」

道に迷って、『あぁ、乗るしかないか……』って思ってさ。

知り合いと話していて爆笑された。


インター方面に目的地があって、でも大きな交差点で車線も多くて、気づいたときには車線変更できずインターの入り口まで行ってしまった。

気持ちに余裕がない私は、乗る前なら戻れる（料金所で申し出て指示通りにする）ということを分かっておらず、行くしかない！　と観念したわけだ。


引き返せなくて乗ってからかな？　高速道路。

怖いし方向音痴だから避けてたのに、『慣れなきゃな』と思って始めは緊張のあまり汗だくになってたな。教習のときも汗だくだったけど先生が横にいてくれるから、まぁ大丈夫だと思ったけど。免許を取ったんだから、自分で何とかしなきゃいけない。

えらい大汗かいたけど、それから数年後に仕事であちこち行かなくてはならず、避けていられない状況になって慣れた。

私にとって、車イスを載せるためのリフトは不可欠なものだ。

リフトは車の走行に関係ないものだから助成金が出ないため、お金が要る。節約のためにカーナビは付けていなかった。

まぁ「覚えればいい」「頼らんぞ」と意地を張っていたのもある。

十八歳で免許を取って十年間、ナビ無しで頑張ったんだから。

二十八歳、二台目になってから父が通販で持ち運びできるタイプのカーナビを買って、たちまち私がメインで使うようになり、ガンガン高速乗っちゃって一人で仙台に行くという、どや顔で一種のサプライズをして。

二台目十年間の走行距離は確か十四万キロメートルを超えていた。

三台目の現在では、道も忘れているし走行距離も短い。運転も楽しいけど早く家に帰りたくなるんだよね。

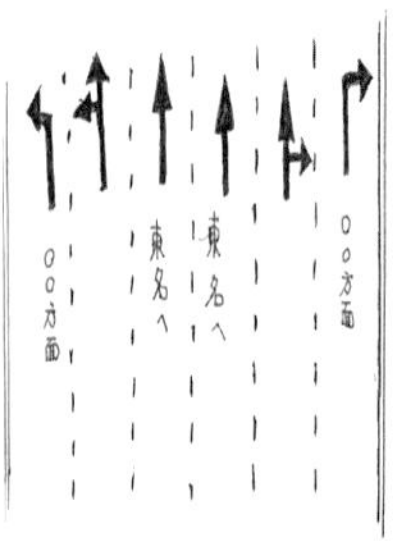

㋮ 丸椅子怖い

背に腹は代えられない。

ラーメン食べたいから。

丸椅子、転げ落ちる可能性ありまくりだけど。

背もたれ無し、位置も高いから脚が下に付かないからめちゃくちゃ怖い。座る位置が高いということは、自力で移乗できない。よって抱えてもらわないと座れないわけだ。めっちゃオオゴト。怖いからカウンターテーブルを全面的に信頼して全集中で食べる。残念なことに味わう余裕がないんだけどね。

車に乗れたって人の手を借りないと難しいとこはある。ペコペコ頭下げまくりだけど外に出るって大切だから。出ずしてバリアフリー化はないと思うから。

友達に脚で支えてもらいながら食べたこともある。

昔のこと……。

椅子に座ってるだけだと〝障がい者〟だと分からなかったからなんだけど、知り合いと居酒屋のカウンターで飲んでたときに、人数合わせのために合コンに誘われたことがあった。後日、私は早めに着いて、幹事の女子がやってきた。車イスに乗っている私を初めて見た彼女。

「事故ってことにしとこっか」って……。

『何で嘘を言わなきゃいけないの？』どんな人が来るのかも知らないし幹事の女子も数えるほどしか会ったこともない、おしゃれなお店だったから緊張した。その〝嘘〟が頭から離れず、自己紹介で障がい者だと言えなくなっちゃった。いつもの私はいなくて。『掘りごたつ風で、動きにくい』『トイレに行きたいから手伝ってほしい』って言えなくてひたすら我慢したな……。おしゃれなお店、バリアフリーかつオシャレっていうお店ないかしら？

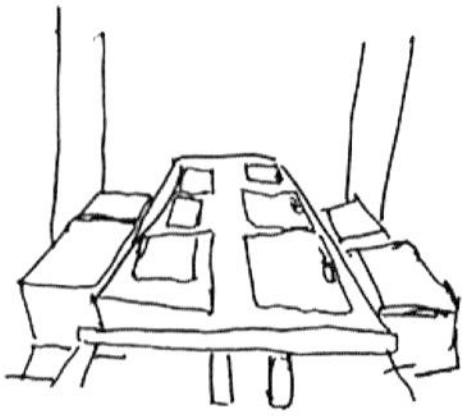

㋯　みーちゃん

夢を見た。三月十八日、明け方だったなぁ。

私自身、申し訳ない気持ちがあるし、産んであげたかった。顔は隆誠じゃなかったから、多分みーちゃんだと思う。亡くなっても子どもは親のそばにいて〝いつでも会えると思っているから夢には出てこない〟と聞いていたんだけどなぁ。私も会いたいし、みーちゃんも私に何か伝えたいことがあるんだろうか？　寂しいな。隆誠も夢に出てきたことがあって「りゅうちゃんは元気でいるのに何でお葬式してるの？」って夢の中の私は言ってた。泣いたまま目が覚めたこともある。眠気眼だったからか、お布団の上に隆誠が座っているのが見えたような、夢の中でのことなのか不思議だった。

隆誠は生まれてきてくれたから、たった三年でも思い出ができた。思い出がある分つらくなることも多いけど。みーちゃんのときは、嬉しさより不安の方が大きくて出血の量ばかり気になって怖くて仕方なかった。

『母子手帳をもらいに行きたいけど先生はまだ言わないけど、だめなのかなぁ』とドキドキしたり。

待合スペースにいる他の妊婦さんが気になって。
『あの人は母子手帳持ってるなぁ、りゅうちゃんのときは私の体重が段々と増えていったけど、この子は大きくなってくれるのかなぁ、体重測って私も母子手帳に書きたいよぉ』

『この前病院に来たときは動いてたのに』
二日後の朝。出血の量が増えていて、病院で診てもらったら心拍が見られなった。

まだ胎動も感じられない初期までだったけどエコー写真を時々見ている。隆誠の母子手帳ケースや写真と一緒に、いつでも見れるようにリビングに置いてある。見て悲しくなったり、ほっこりして。私は、空を見上げながら大きな声で話している。いつも一緒に遊んでいると思う。

㋰ 無人駅

実家の最寄り駅はかなり前、私が高校生のときから無人駅だ。時間帯によっては一人だけいたような気もするけど。

エレベーターがない駅だから、抱えてもらわないといけない。車イスもあるわけだから。たとえ、〝親と一緒〟でも大変なのだ。家から近いのだけどエレベーターがある駅まで行かなくてはならず。自宅からタクシーで十五分。エレベーターで改札に行き、切符を買うときに行き先を伝え乗り降りの介助をお願いする流れ。

階段を上らなくても使えるようになった⁉　早速母と行ってみたら……。

狭い道なんだけど結構車の通りが多くて下り坂。危険しかない。

その道路沿いにホームに行ける入り口がある⁉

「えっ？　ここ⁉」

「鍵が掛かってるけど？」

「いつも開いてちゃ確かに危ないから〝開けてください〟ってお願いせにゃいかんわけだ」

「え？　駅員さんいないじゃん……」

大きい駅（市駅）に電話して、駅員さんに電車に乗ってきてもらい鍵を開けてもらわないといけないわけ……。

「へ〜〜〜」って今なら半笑いなんだけど。

思い立って、ノリでどっか行こう！　とか、昔から私が憧れていた〝今から出てこない？〟とかさ、絶対できない。好きな人に〝どうしても今会いたい〟ってときとかね。

あっ、お父さんに「今から出かけるんか？」って言われたこと思い出した。雨でも、夜でも、最寄り駅にエレベーターがなくても、行きたいんだもん。それぐらいの行動力が必要なんだよな。

今どうなってるんだろ？　今では、子どもたちを思いながら見る電車。たまには乗ろうかなぁ……。

Ⓜ 麦わら帽子みつけた！

頭がデカい私。赤白帽が浮いていた私。

高校生になって白い帽子になった？　ひょっとして赤白棒が被れなかったからか?!

遠足の準備で母と一緒に帽子を買いに行ったけど、嫌だったな。婦人服売り場にしか私に合うサイズが無かったから。洋服でも〝ひらひら〟が子どものときから嫌いだった。今も嫌だ。見るのも嫌だけど、好きで身につけている人には斜めの方向か、顔だけを見るように意識を集中させている。

フェミニンも幅広いと思うから、直感で買うくらい好きなフレアスカートもあるんだけど、今もなお〝ひらひら〟の意味と、なぜその位置に必要なのかという点で謎めいている。

婦人服売り場には〝ひらひら〟の付いた帽子があって「大きいからこれにしときな」と母が言って。テンション下がりまくりだった。

社会人になってサークルのみんなでお出かけしたとき、麦わら帽子を被ってて、もちろん浮いてない。羨望の眼差しで見ていたからじゃないと思う、だけどそばにいた男子がパッと私の頭に乗せて。被せてじゃなく乗せて。

「かわいい」って……。

嬉しいよ、嬉しいけど人のだし。

『もう、その気持ちのままで今すぐ買いに付き合ってよね、絶対に〝あっちゃんって頭デカいんだね〟って言わないでね』って言いそうになったけど、彼タイプじゃなかったからさ（笑）。

同僚のみんなでバーベキューやったときに麦わら帽子被ってきた男子がいて「時代は変わったんだな」と思った。似合うものをちゃんと知ってる。

夫は「この人が一番いいなぁ」と思える人。私より体が大きいけど頭は私の方が大きい。

夫が買ってくれた。

〝ひらひら〟がついていない、私が被れる麦わら帽子。

ⓜ メガネ女子

黒縁メガネ。

長いこと憧れている。そのときの多分流行りだったんだと思う。違うかもしれないけど。念願かなって、やっと購入できたのは三十四歳くらいだった。


振り返ってしまうくらい、黒縁メガネ女子を三度見してしまう。

「欲しい！　今度こそ買うぞ！」と思って眼鏡屋さんに行って、店員さんに勧めてもらったもの、いわゆる押しに負けちゃって。

違う眼鏡になったことがあった。

『営業トークが上手ってことになるわなぁ』な〜んて思いながら。

職場で年下の女の子が黒縁メガネを。久々に会って「やっぱり、あっちゃんと話すと楽しいわ」とジワる発言をした年下の友達も黒縁メガネ。

『もう、みんなして何なの？』と思っちゃうくらい。

「いいなぁ……」ってさ。

心の声が漏れてきてて『重症だわ』と思った。


夕飯を食べながら一緒に、婚活の戦略会議をしていた友達は黒縁メガネをかけていて、私はやっぱり反応してしまい、決定打になった夜。

黒縁メガネへの憧れを力説し、リーズナブルなお店を教えてもらい、営業トークに負けないように背中を押してもらった。

いざ眼鏡屋さんに行ったらね、気づいて納得できた。

「黒縁、あれ？　私には似合わないんだ」

ガッカリじゃなく納得して。でもせっかく決心して来たし、自分の意思で決めたい。

焦げ茶色に落ち着いた。一番しっくりきた。


自分の意思で買えてルンルンで、友達にＬＩＮＥして「あっちゃんは目が茶色いから、その方が似合うと思うよ」って嬉し過ぎる。

夫と付き合っていたときに、二台持ってことで（笑）赤系の眼鏡を買ってもらった。

友達も言ってた。「赤とかも似合うと思うよ」似合うものを教えてくれる人がいるって幸せだ。

ⓜ メロンパンは買わん

甘いから買わない。一度も買ったことはない。

でも、手作りに挑戦する私って変なのか？　食べるのは苦手だけど作るのは好き。楽しいのかどうかは微妙なところで〝研究〟しているような、自分が納得できるまで作るところがある。洋菓子に関しては作った後にノートに付けて極めようとしていたのか？　アラサーの頃。

ノートのタイトルは〝パティシエへの道〟論文でも書くのか、私。

大きく出たもんだ。

友達、彼氏、父、兄と自分以外の人に毎回食べてもらって、特に父には数多く研究に付き合ってもらった。現在、その役は夫が担っている。

今はネット検索がほとんどだけど、本屋さんに行くと今でも見てしまう。夫が買ってきたデコるメロンパンの本を見てハードルが高いと、『何としても』と燃えるときがあってメロンパンばかり作った、食べるの好きじゃないのにね。

上手くなりたい、ゴールという名の「納得」。

自分が納得できるまで研究を続けている。


ケーキは買うこともある。

おひとりさまだった時期でも誕生日だからと、いちごのショートケーキ買っていた。世の女性たちのようなテンションにはならないんだけれども……。

唯一、純粋に味わえるのはシフォンケーキだけど。


基本を習得してからすべきかと思い直して、そっちを作ってみることにした。「基本も難しいわ！」心折れそうになって、取り敢えず箸休め的に食パンを作ったりしている。食パンも、まあまあ難しいけどね。

シンプルが一番難しいと思う。


私は、私はだよ。

ホームベーカリーは買わない、探求し続けたいから。

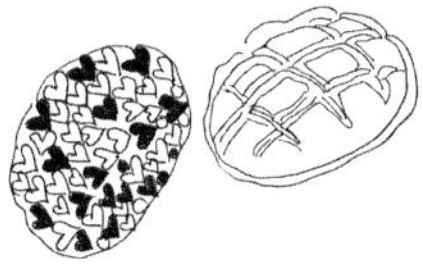

Ⓜ萌音ちゃん

推しができるとは。

「推しが元気だと私も嬉しい」そういう存在だ。

二十歳も私より若い、娘でもおかしくない。

とにかく、萌音ちゃんを知ることができて良かった。映画館で〝舞妓はレディ〟を見て、彼女のことを知った。予告の時点でワクワクしたのを覚えている。

数年後に、私にとって〝心の支え〟にまでなるんだもんなぁ……。

会えない遠い存在なんだけど、応援したくなるし、テレビを通じてでも見られると安心するし、更新される萌音ちゃんの出演情報を負うのが忙しくて幸せだ。以前は、ほとんど好きな作家さんしか買わなかったけど、萌音ちゃんのお陰で本が増えた。「私へのプレゼントに悩んでいるなら、これからは図書カードでお願いします」と友達に伝えた。

二十代の頃、金欠になったとき本を買い取ってもらいに行ったことがあって今はすごく後悔している。

トイレにいるときによく泣く私。りゅうちゃんを思ってよく泣く場所。自分の年齢とか、『私は長生きしなきゃいけない、いずれは一人暮らしになるんだなぁ、結婚して家族になってもいずれは一人になるなぁ』と気持ちの中に暗雲が垂れ込んでいて、そんなときはトイレであっても泣く。胸が締めつけられる思いで、苦しくて泣きたいけど泣けないとか。みーちゃんが心配で不安になったときのことを思い出したり、申し訳なくて泣けてきて泣いたまま済ませて出る。悲しくなって泣いたらひと眠りするか、推しに、昼間の私を助けてもらっている。

決して大げさじゃなく本当に。

ファンの人と話すのも楽しくて、そういう意味でも支えてもらっていると思う。

萌音ちゃん。
ファンの皆さん。
いつもお世話になっております。
これからもよろしくお願いします。

(や) 焼き肉屋、ハラよじれる

「みんなで一緒に病院に行った。検査して大丈夫だったし、言葉も問題なく出てよかったけどさぁ」

この後に私の父が言った言葉に、家に泊まりに来た幼馴染のAちゃんは呆れ半分、あとは何だろ……。笑い過ぎて椅子に座ってたけど横に倒れちゃって焼肉どころじゃないぞってぐらい「腹がよじれるわ」ってさぁ。

私の父は何と言ったのか……。

父「そういうときは、気づいて言《ゆ》うて（父は時々関西弁が出ます）車のボディを叩いて知らせぇ」

私「そんなん、咄嗟にできんよ、いつ動くか分からんし、エンジン音で気づかんだろうし、車イスって隠れちゃって見えないし」

分かるかな……。伝わるかなぁ……。

咄嗟にそれができる人なら、多分だけど車イスは必要ない人だよ、お父さんすごいことをぶち込んでくるなぁって私は思った。

私と同じ〝脳性まひ〟という障がいをもっているAちゃんは、私の父が無謀なことを言っているのが分かるし、付き合いも長いので『あっちゃんのお父さんなら言うだろう』とも思ってるだろうね（苦笑）。


私の話で友達の腹をよじれさせた。

私の身に起きたアクシデントから。


実家近くの本屋さんの駐車場で、入り口の真ん前にある車いす使用者専用駐車スペースが空いていなくて。でも諦めて帰ろうとはせず、狭いけど仕方なく一般の駐車スペースに停めた。車から何とか車イスを出して……。

座ったら横の車が発進して、タイヤが巻き込まれて転倒したというアクシデント。

その当時はまだ、手動の車イスを助手席に乗せていて、腕力のみで積み下ろしていた。だから運転席の扉は大きく開けないと難しいのである。自分は運転席に座った状態で、（体の上を車イスが通るようなイメージ＊知らない人が見たら押し潰されてるように見えるみたいで、走って救出してくれたこともしばしば。笑）おりゃ〜！と、まぁ数秒間だけど結構なことなんだよね。横に車があったり、狭いスペースでは当然だけど気を付けて開けるよね。スペースが必要だけど広い所ばかりじゃないもんね。

横に停めていた車が動き出して（後退だったら私はもっと大変なことになっていたと思う）車イスのタイヤの辺りだったたと思う。巻き込まれて転倒して脳震とうを起こしたことがある。異変に気づいたドライバーが下りて転んでいる私を起こしてくれたけど、一瞬記憶が飛んだ私は直ぐに言葉が出てこなくて「……お、お、起こしてください」。その後どうしていいのか分からず「兄にとりあえず連絡したいので、代わりに話してください」と伝えた。

空いてなかったら電話して店員さんに下ろしてもらう手も、まぁ、あったわな。そうすれば頭打ったりせんかったね。後から思う。経験から学ぶ……。

実際、たまにお願いしますって電話すると数秒の沈黙があるんだけどね！『ソンナ、オオゴトカイナ』と思うけど……まぁ、しょうがないよね想定してないし、こちらから必要性を発信していかないと気づいてもらえないから。

お父さんは、真面目に言ってんだよ。

よじれさせるつもりは全くない。

「何で？　それができんのやぁ？」って今でも時々ある。長く親子やっててても分からんのよね。でも親だから。

お父さんとお母さんがいて出会ってくれたから今がある、私がいるわけだから。

母だと、言わなくても力加減や手を貸すタイミングを分かるんだよね……。

母の役をしている部分もある私。母が亡くなって二十六年、気苦労が多くて、特に八十歳になってからは、電話に出ないだけでものすごく心配になる。

「あっちゃん、心配が絶えんし、イライラすることもあるけど親だからさ、見捨てちゃいかんよ」ってAちゃん。母のこともよ～く知っていて、理解していてお互いに家族の悩みを話してきた。

友達になって四十年よ！　よじれるくらいネタは多いのさ。

㊥ 優しそうな人

何となく分かる。

優しそうな人が。


ちょっと手伝ってほしいとき。声を掛ける。

たまに聞こえないだけか、無視なのか分からないけど素通りされることもある。

でも、子どもの頃に比べたら随分と声を掛けることができるようになった。勇気が必要な日もあるけどね。

私が優しい人だなぁと思うのは、
・腰を屈めてたり、しゃがんで私に目線を合わせてくれる人。
・「どうした?」って、聞いてくれる人。
・話しやすい人。
・じっくり話を聞いてくれる人。
優しいなぁと思う。してもらえて嬉しいから、自分も人に対してそうありたいと思う。

話しやすいって思ってもらえるのは嬉しいことだ。

昔、スーパーの食料品売り場で五十代半ばくらいの男性に声を掛けられたことがある。

当時、私は二十代だったかな。

「お姉さん、お姉さん！」

「……」

辺りを見回わす私。

「わ、私ですか？」

「ちくわを買おうと思うけど、どれがいいかな？　これって美味しいの？」

「焼きちくわ、おでんに入れたらどうですか？」

「そうか、焼きちくわか……。ありがとう」

「どういたしまして」

ここまでのやり取りしか覚えてないけれど、『何で？　急に何？』って思ったけど。

そういうめったにないようなことがあって、ジワる。

だけど、しゃがんで話したからって怪しい人には気をつけなきゃいかんけどね。

『用があるなら、まず名を名乗れ』と思ったことがある。

高校生のとき。

一人で駅前にショッピングに来ていたとき、何かつけられてる？　見られている気がして、身を護るためにさっとCDショップに入ったことがある。ちょっと怖かったけど、ずっといるから……。


「名刺をください」と言った。それが筋だと。

新聞社の人だったけど。話すわけがない私。というか、お説教してしまった。

『そんな、警戒させちゃ……誰も話したくないよ』

話したいなら、話しやすい空気にしないとさぁ。陰なJKから変わりつつあった私、戻ってしまうよ（苦笑）。

㋳ 屋根、崩落。

私の実家の車庫の話（方言で会話している）。

十五年くらい前にあった出来事。

久しぶりに会社の元同僚と居酒屋で集まることになった父。
その日は車ではなく電車で行くということで父は駅まで歩いて行った。
送り出して十五分後くらい経った後、宅急便屋さんが来た。荷物を受け取った直後にインターフォンが鳴って、『ん？』と思って開けたらさっきと同じ人・宅急便屋さんが立っていた。

「何かありましたか？」
「あのぉ……今さっきなんですけど……帰るときに車庫の前で、車と避け合いになって僕の方のトラックが車庫にあたってしまって……そうしたら車庫の屋根が崩れてしまって……」

「……」

「……ちょっ！　ちょっと待ってください。今私一人なので、父親に連絡を取ってもいいですか?!」

「はい……。何でこんなことになっちゃったかなぁ……」

一旦出てもらい、その人も会社に電話して指示を仰ぐことに。

高校生のとき、登校する朝に車イスのまま転がり落ちて奇跡的にもすり傷で済んだ、素敵な急な坂（実家はジャングルだから♪）があるもんだからサッと出て行けないし、暗いし、家の前の道は狭いので危ないかもしれないと思った私は、まず仕事中の長兄に知らせることにした。

父はケイタイを携帯しないので！　長兄はというと、ケイタイは直ぐには出ない（妹からの着信だからだと私は思っている）。だから緊急のときは勤め先にかけて「緊急事態だから折り返すように伝えてほしい」と、いつも通りお願いした。

「お兄！　大変！　車庫の屋根が崩れた！　いまさっき！　どうしよう！　帰ってきて！」

「あ?!　崩れた?!　父さんは？」

「お父さん、飲み会に行ってて今おらんのだわ」

「どこの店だ？」

「店の名前は○○何とか……市役所の近くだって言っとったわ」

「あぁ……確かあるなぁ……」

「ついさっき出たばっかだで、店まで迎えに行って！　連れて帰ってきて」

「いつ崩れてもおかしくないけどな」


電話を切った直ぐ後に、近所の人からかかってきて、

「○○ですけど、今たまたま僕下にいて、犬の散歩中だったんですけど車がすれ違うところを丁度見てたんです」

「あっ！　あの、あの、私足が不自由でサッと出れないんです、すみませんけど父が戻るまでいてもらえませんか?!」

「わかりました、ただ、犬がいるので一度家に戻ってからきますね！」

「助かります！　すみません！」

数分後、仕事中だった長兄と、軽トラに乗って父が帰ってきた。

上司も到着したと聞き、その後家に入ってきた長兄に対し、私は、

「お父さんだけじゃアカン！　お兄もおらな。しっかり話してきて」と言った。友達から
メールが何件か来て「あっちゃんは？　無事なの？」と。

「無傷だわさ、だけどさ、お父さんの車に屋根の角が突き刺さっとるよ……。ありえんだら（笑）」


穴が空いたままの屋根をしばらく乗せていた。その後、見るに見かねた私は半ギレで業者に解体撤去をお願いし、かなりの出費……。

屋根がまるっとない車庫。

「屋根どうしたの？」帰省した次兄が。

そりゃ思うわな……。

「聞きたいかい？」と、私も疲れますわ。

今も。まだ。多分このまま朽ちるまで、このままで行くだろう。
もう一か所敷地内にカーポート。そこに父は車を停めている。

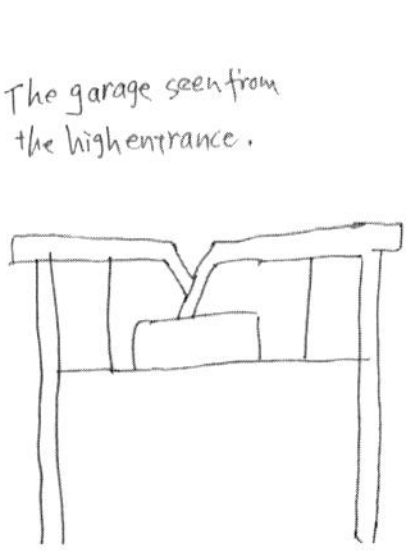
The garage seen from
the high entrance.

㋴ 指がシメジ

リビングでまったりしているとき。

脚を組んで寝ころんでいるときの。

夫の足の指。

黒限定の、五本指靴下。

薬指と小指が私にはシメジに見えた。


私は足の指と足首に触れられるのが嫌だ。

程度によっては痛くなって「だめ！」って言うけど。痛くないけど何となく気持ち悪い。

だから「あ！　しめじ」って言うだけにして止める。


だからどうした。

だから、しめじに見えるんだって。

機会があったらよく見てください。

㋵ ヨーグルトを推す父

やたら？
すごく？
ヨーグルトを薦めてきたと。

血圧（元気ですので、大丈夫です）の薬を毎日飲んでいる夫に。
まぁ、私としては〝お父さんと話ができていいじゃん〟なんだけど。
だって、たまには話せば？　と思うから。
でも、『何を話そう？』ってお互い思うんだろうね。

「ヤクルト飲んどけば腹痛治るぞ」とも言ってた。
昔、私が食あたりでフラフラになったときにアパートに来て渡してくれた。
父はよく、昔からお腹が痛くなる。

「仕事休むわぁ」って、よく言って、母は「は？」ってブーブー言っていた。

父と結婚するときに言われたらしい。

「○○さん、○○ちゃんはお腹が弱いからよろしくね」と、私の祖母にあたるお姑さんに言われたらしい。父が「腹が痛い」と言うと、夜勤に送り出した後に毎回その話をしていた母だ。


父が用を足した後の実態を知っている私は、『ヨーグルトの段階じゃないだろ？』と思うんだけど。

歯医者も嫌いな父、嫌で変えたみたいで。まぁ、好きな人は少ないと思う。行かなくて良いに越したことない？　でもね……心配だよね。

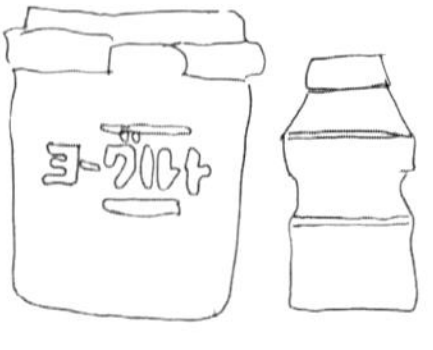

ⓡ ラジオがあれば

やっとこさ、お風呂に向かう。

急に悲しくなって泣けてきたとき。

ラジオとかＹｏｕＴｕｂｅのお世話になる。

日曜はリアルタイムではなく、あえてＹｏｕＴｕｂｅで入浴中に聴いている。

ＴＢＳアナウンサーの安住紳一郎さんの番組が面白いのだ。

私は、博識な人が好きなのかもしれない。

声色を変えたり、リアクションも、間の取り方とか本当に勉強になる。

オープニングトークと、テーマで送られてくるリスナーさんからのメッセージに、ワードセンスがあって聴いていてこちらも情景が浮かぶし、老若男女で中学生リスナーからもメッセージがきている。聴いているという事実に驚き私まで何だか嬉しくなる。面白いだけではなく、心がほっこりしたり博識な人も多くて唸ってしまうこともあるから楽しくて、場所が風呂場であっても爆笑したりベラベラと私はしゃべりながら相槌を打ったりしていて、さっきまで落ち込んでいたのが、ラジオ・人の話し声を聞くことによって落ち着きを取り戻すことが多い。子どもの頃、別の部屋から笑い声や話し声が聞こえていると安心していたのを今思い出した。そういえばそうだ。

自分の周りで毎日面白いことやハッピーなことが起こるわけがないだろう。大体が平凡な毎日だ。だからこそ、何気ないけど、ふとしたときに人の優しさに触れて「イイ話だなぁ」と幸せを実感できたりする。

でも気分がすぐれない日もある。夫に聞いてもネタが無いというから自分で何とかしなきゃと、嫌いな日曜日を何とか乗り切るためにラジオに助けを求める。

〝しゃべり多め〟が好みでいろいろな番組を聴いている。テレビでも雑誌でもラジオでも対談が一番好き。研究者や作家、職人さん。例えば役者さんだったら、四十年くらい続けているベテランの話が面白い。「もっと知りたい」と思う。聞き入ってしまい時間が早く感じてしまうほどだ。

メッセージ送ろうかな？

ⓡ りゅうちゃん

＊パパ（夫）ママ（私）じいちゃん（義父）ばあちゃん（義母）大きいおばあちゃん（夫の祖母）

三歳になっても、しゃべれなかったなぁ……。聞きたかったなぁ。今は走ってるだろうか。今、りゅうちゃんはどうしてるんだろう。『ホントに亡くなったのかなぁ』と思うときもある。『本当に亡くなったのかなぁ……。信じられないよぉ。入院してるんだよね？』と思うだけじゃなく口に出している。

お腹にいるとき、りゅうちゃんはしがみついてくれてたんだろうね。始めの頃はママ、車を運転しててお仕事もしてたんだよ。じいちゃん、ばあちゃんの家だったもんね。今まで通り這って階段を上って座って下りて……すごいよね……。悪阻がしんどいから、お仕事は辞めたんだよ。

四月にママはおへその下の方が痛くなって入院することになったんだよ。「まだ出てきちゃだめだよ」「まだお腹にいて」ってりゅうちゃんは聞いてた？

言いながらね、ママ不安で泣いてたの。パパは「大丈夫だよ」ってお腹をさすったり、キスのおまじないをくれたね。パパの声は聞いてた？

安静にしてくださいと病院の先生に言われたから、お出かけはパパと一緒のときだけにしたんだ。

パパが話しかけると大人しくなってたね。


〝大きな声で泣くんだよ〟って約束したね、りゅうちゃんは良い子だよ。大きな産声だったって。ママは（全身麻酔）寝てた、呼んでたよね？　ごめん。

NICCU（Neonatal Infant Cardiac Care Unit―新生児・幼児・心臓・治療室）は、いつも暑かったね。会えるとお互い嬉しかったよね。そういえば、いつもＣＤかかっててオルゴール集だったもんね。絶対パパも眠くなってたよ、面白いねぇ。

パパ考案〝お尻小刻みトントン〟はあのときかな？

頑張ってミルク飲んだね。ＭＣＴミルクは薄くて嫌だよね。手術前後なんて飲ませてもらえなくて、「俺は、おしゃぶりなんて騙されんぞ！」って怒ってたもんね。ママは泣けて泣けて、ごめんだよ。

薬も、ママの練習に付き合ってくれたねぇ……。

夜泣きするよね、だって不安だから。

だけど……抱っこしてくれるパパの色白の肩をさぁ、かむのは〝めっ！〟だよ。アカンことだでね。

じいちゃんと、りゅうちゃんはほんとに仲良いよね。抱っこは格別だもんね。だけど、もう一人じいちゃんいるからさ。ねっ！　見守ってね。

診察や予防接種の待機時間は、じいちゃんに動け動けってベビーカーで運動させてさぁ楽しかったかい？　ばあちゃんは汗だくで診察のとき抱っこしてくれてさぁ、一緒に頑張ったよねぇ。

手遊びは、ばあちゃんから教わったもんね。

じいちゃんばあちゃんの家から引っ越してきて、ママは忙しいから！　って余裕なくて。りゅうちゃんはギャン泣きだったもんね、ごめんだよ。

ママのお腹の上に乗ってお昼寝して、お互い汗だくだったね。

ばあちゃんのお手伝いで洗濯物を畳んだね、偉いよ。

ママが洗濯物を畳んでたら〝かまってちゃん〟になってタオルの上に寝転んで、萌え〜ってママは思ったよ。

パパが洗濯物を畳んでいるときもお手伝いしてくれてありがとう。

三歳になっても、寝れないとバランスボールでパパの抱っこだったね。パパは汗でベタベタだったってさ。

今は、もしかして……みーちゃんと一緒に使ってるのかな？

お昼寝は、床にごろ〜んしてね。冷たくて気持ちいいもんね。パパも同じだよ。

夜中も結局は冷たいところが良くて寝ながら移動してさっ。パパも同じだよ。今も、もしかしてゴロゴロしてんの？

週末にパパと一緒に、じいちゃんばあちゃんの家に行ってさ、大きいおばあちゃんが怖くて「あっち、あっち！」って玄関の方を指差して〝バイバイ〟って必死だったんだってね？ 一年生だもんね。もう大丈夫かな？ 大きいおばあちゃんのことも見守ってね！

病室での遊びはベッドの柵の間から物を落としてはパパが拾ってね。

パパは荷物をベッドの下へ整理するために屈んでいたんだよ♪

ママが泣きべそかいてると、覗き込んで「ママ大丈夫？」ってね。

ドラマ観て泣いたときはハグしてくれてありがとう。

テレビで赤ちゃんや、猫ちゃんをよく一緒に観たもんね。ママがニコニコして「わぁ、かわいい」って言うから嬉しかったの？

ママが座って目を閉じていると、脚をトントンして「おっおっ」って起こしたり。

ジャガイモの冷ましが足りず「いや〜!!」「はぁぁぁ!!」って口を押さえてねぇ。

ママがうっかり冷まし忘れてレンチンしたての白米を「あ〜んして」って言ったら怒ったよね、ホントごめんだよ。

落とした玉ねぎの皮とかジャガイモの皮、三回目は拾わんぞって。りゅうちゃんの自我の強さビシビシ感じるよ。

ママの髪の毛は引っ張るもんね、だから伸ばさないでいたんだよ。眼鏡やヘアクリップは瞬時に奪い取って危ないから外しておかないといけない。でも二歳になったら眼鏡で遊ばなくなったね。三歳になったらお出かけには眼鏡が必要だってことを分かるだもん、賢い、すごいよ。

ママの車イスのブレーキで遊ぶもんね。乗り降りで全集中のママだよ、急にブレーキ解除はやめてよね。


パパの目とおへそが好きだよね。だけどさ、〝グリグリ〟するのはやめなさい。目、見えなくなっちゃったら大変。

パパはお腹痛くなるからやめな。ママのお腹にして。ウン出るようにさぁ……。

早朝のリビングでの電気をつけたいりゅうちゃんと、まだ寝たいパパで攻防戦だったもんね。りゅうちゃんの勝ち♪


ひるおび、ワイドスクランブル、徹子の部屋は今でも見てる？　料理番組が変わったんだよ。気づいた？

〝おかあさんといっしょ〟ママは見てないよ。だって泣いちゃうからさ。

ⓡ ルンバ

斎藤さん（ルンバ）が家に来る前。

「引っ越し祝いは何が良い？」と聞かれティファールのフライパン・鍋セットをお願いした。

「ルンバにしようかと思ったけど、隆誠が上に乗って遊ぶかもしれんなぁと思ってさぁ」

「確かに十分あり得るねぇ」

ダイソンの掃除機のスイッチを入れて掃除し始めると隆誠はソワソワしていた。いや、ワクワクしてしまうのか……。「えへへへ」って言いながら逃げようとしているようにも見えるし、昔実家で飼っていた猫みたいに掃除機目がけて跳びかかってきそうな勢いのときもあった。

うん、ルンバの上に乗るか、追いかけるか、起動ボタンを押したときの〝音〟は百パーセント隆誠は好きだと思う。

オムロンの体重計なんて壊れるんじゃないかと思うくらい毎日触って遊んでいた。子どもって、押すと音が出るものが大好きだから。

たまに拭き掃除、たまに斎藤さん。見つけたときに、さっと軽量タイプのハンディクリーナーを使っている。
コロコロを使うと隆誠との日々を強く、深く思い出す。
斎藤さんがいてくれると、ありがたい。
だけど、一緒に〇〇するっていうのが重要で楽しいのだ。
実際には見えない隆誠でも。

㋹　レーズンとチーズ

セットで嫌い。

一番は、どこに行ってもチーズ、チーズ。

チーズ入れときゃ間違いない♫　みたいな風潮が私には……不思議でしょうがない。

新発売のハンバーガーを食べたくて、チーズが挟んであるけど何度か我慢して食べたことがある。

大人になってから〝チーズ抜きでお願いしますって言えば抜いてくれるよ〟と教えてもらった瞬間、驚きと後悔のあまり顔の皺が深くなった私だ、多分。

知らなかったから。

顔を歪めながらチーズを食べたのに。

「〇〇バーガーのソースの中にもチーズが入れてあるんですが、どうされますか？」ダイエットを始める四月までは食べていたハンバーガー。確か、最後に食べたやつでそう聞かれて迷うこと数秒「じゃ、バーガーから抜くだけでいいです」と言ったけど。食べたらチーズの主張が強い気がした。

いつも強気だ。

好きな人が多いもんね！　強いよね。

レーズンは彩りとしても活躍するということだろう。私は入れたくないけど、プルーンは我慢しておやつ代わりに食べていた時期がある。食物繊維を多く摂取する必要が私にあるから。始めはオエッてなってた。

目的があってパンやスイーツを作ったり食べたりできても、嫌いが好きに格上げされることはなくて、しかも買わないのがこの二つ。

あっ。昔通っていたパン教室で作った中にクリームチーズがあった！

ピザもあった！

作ったら毎回家で練習していたけどピザは復習しなかったなぁ。

でもクリームチーズは臭くないと知り、そういえば練習したし友達にも食べてもらった。

自分が食べないで済むなら何とかできるという私って、変わってんのかな？
パンもスイーツも形とか色彩に富んでると思うから作業として楽しいんだよね。

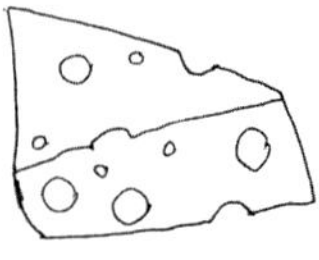

ろ　ロッカーに隠れて

秘密を共有してた。私が夫と結婚する前、付き合っているという秘密。

プロポーズを受けたのか？　と気にかけてくれて、メールを待っていた友達で、なかなか上手くいかない婚活を応援してくれていて、夫婦になった今もたまに聞いてもらうことがある。


よく〝打ち合わせ〟してた。話を合わせておかないと、聞かれたときに困るから。まず上司に言わなきゃねとか、いつみんなに誰から話すかを彼女はすごく考えてくれた。


ツッコまれたくないから〝恋愛なんて全く興味ありませんっ〟て顔して。

「あっちゃん、全然興味ないでしょう」って言われたことがある。

『ヨシヨシ、そう思ってくれてOKよぉ……』って思った私。

『もう傷が多過ぎて、聞いてる方が重くなっちゃいそうだもんな』と思ったり、墓穴を掘るのも怖かったから。別に社内にいる訳じゃないから、そこまで内緒にしなくてもよいんだけど。

あの人がなんちゃらって話は絶対にしないと決めていて、私が乗っかる話題は〝食べ物〟とか、昨日みたドラマの感想、名前も知らないガソリンスタンドの店員さんの不思議な癖が面白いとか。

人間関係ってつまずくと難しくて、空気を読みながら話してたり、家に帰ると結構疲れていた。ガッツリ話さずとも、アイコンタクトできるだけでも救われた日はたくさんあった。

隠れて泣いたことがあるロッカー。

眼精疲労で目薬さしてたら「どうした？」って言われたロッカー。

㋻ 忘れ物

「お前何しに来たの？」

「一応、勉強しに来たけど？」

「カバン忘れたのか？」

「そう」

半笑いするしかないよね。

家まで車イスで戻ったら途中で、もしかして野垂れ死ぬかもしれんし。

「お母さんが車に積み忘れたんだってぇ！」なんて言いたくないし。

(家から近過ぎてスクールバスのコースに入れてもらえなかったから、車で母に送迎してもらっていた)

そのまま、どっか行こうかな？　とか一瞬思ったけど田舎だし、うん、言うしかなくてさ。

三十一歳のとき、さすがにカバンはあるけど自分で作ったお弁当を忘れたことがあった。

財布には二五〇円しかなくて泣きそうになったなぁ……。

千円貸してくれた同僚を時々思い出して、懐かしむことがある。

ⓦ わんわん

隆誠は「わんわん」って言えないけど〝犬〟と理解していて、教えてないのに犬を見て〝わんわん〟と影絵みたいに指を動かしていた。

「わんわん」と言えるのもすごいし、聞けたら泣くほど喜んだと思うけど、指の動きで表現するって感性が素敵でかわいくて愛おしい。

テレビを見ながら今は、夫婦でやっている。

が　眼圧・眼底

プシュッ！

そりゃ目閉じるよね。

光もさ、写真を撮るときだってドライアイになりそうなくらい（なってるかな？）力入れて目を開けないと難しい。


人間ドックの中にあるから。一発で、できないもんだから「止めますか？」って聞かれたり。私が疲れてヘロヘロになってるからなんだけど。

「他の検査してから、また来てもいいですか？」って言って一旦離れてまたやってみるけど
「あっあぁ、真っ白、映ってない」

「どうしようかな……」

「ちょっと別の人に代わりますね」

・顎を乗せる
・顎を引く

・光っているところを見る
「もうちょっと目を開けてください。はい、それくらいで」

「ピントを合わせますね」

「いきま～す」


言わないと分からないし、言うから体が構える気もするし。顎乗せとかキープすることも難しい上に、次に顎を引く？

見る、はい。

で、もうちょい開けるの？

あ～、顔の位置がズレたね。

この繰り返し。

脳性まひを実感するよね。あれもこれもが難しい。急な音にどうしても反応してしまうから。

『じゃ、自分の指でまぶた開けば？』

と、思うでしょ。開きながらなんて、私には高度なこと。

「私が開きましょうか？」って一人きてもらって挑もうと触れた瞬間、筋緊張がすごくて体が閉じようとしてるのか〝高速瞬き〟しちゃって自分の体に意味不明なんですけどって腹立ってくるほど。私とその方、「う～ん」ってなっちゃうわけ。

「じゃ、まぶたを触るのを止めてみようか？」って振り出し？

でも、奇跡的に撮れたり？　ちょっとしゃべってリラックスさせてみるとか、続けたら体が覚えて慣れたとか？

あんなに人がいたのに、いつも私が終わる頃には誰もいない。ヘロヘロになるのが分かっているから始めから着替えを手伝ってもらうことにしている。

今年（二〇二二年）の眼圧・眼底検査はいつもより早くできたと思う。

まぶたに触れるとき、いきなりピンポイントじゃなく、近辺からをまず試した。

次に、目は開けられるから、

「私が目を開けたら、お願いします」

「はい、分かりました」

「いいですか……触りますね……」

「……」（頑張れ！　自分）

なんかできた。

できりゃいいんだよね。

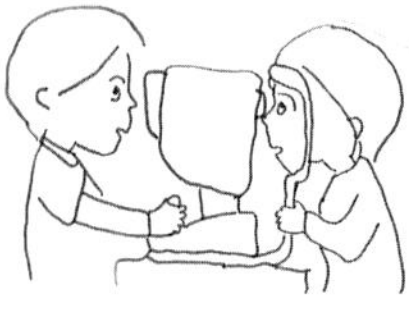

眼科を併設している内科に行ったときのこと。

眼精疲労で、仕事中にまぶたがピクピクして今まで経験していなかったから不安で受診した。そのときも高速瞬きして看護師さんは諦めてしまい、医師に「どうしたらいいですか？」と聞いたところ、ライトをあてるだけにして薬を処方してもらえた。

待合にいたら、杖を使って歩く中学生男子がいて、脳性まひだと確信した私。

「眼圧の検査、できんかったぁ……」と言って、診察室から出てきた彼はお母さんに話していた。

このときばかりは、仲間意識を持った。握手して何時間か話したいくらい。

㊗ 牛丼屋に通う時期

二十代後半の頃、当時私はやたらＨｏｗ ｔｏ本を読んでいた。書いてあったから実践した。

〝やってみよう精神〟、自分の長所だと思う。

平日の夜は男子が多いから。

どこに〝出会い〟があるの？　と思って。それで縁を引き寄せられるの？　しばらく通うの？

牛丼屋に？　マジで？……。

成果は上げられなったけど。

肉は私の最大のエネルギー源だから、その時点でもうハッピーなんだけど。

とにかく行動してみる。

大事。

ぐ　ぐで～は幸せ

家で、ぐで～としていても私は何も言わない。

「言わないからいいね」と結婚前に夫が言ったことがある。

私も予定が無ければぐで～っとしたいから。


眠くて仕方ないスヌーピー（持っていたけど何年も行方不明）みたいにダラダラしたり、横になって読書している。

積読している小説を順番に読む私と、買ってきた漫画を読んだり、スマホでゲームをしている夫。

それぞれ、疲れると寝ていて。

そういう落ち着ける場所と時間があるって幸せだ。「疲れたぁ」って言えて「ゴロンしなぁ」ってお互いに言っている。

家好きなんだよね。


そういえば……友達が「あっちゃん家って落ち着く」とよく言っていた。私から何か出てんのかなぁ？

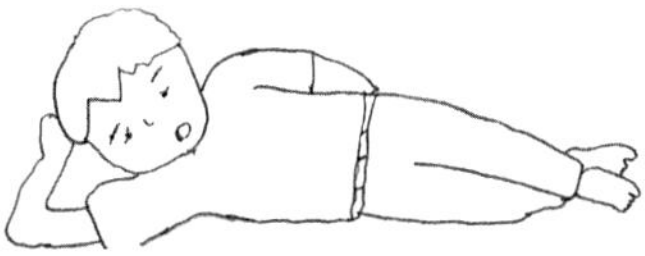

(げ) ゲーマーじゃないよ

任天堂SWITCHを買ってくれた。昼間家にいて私の気が紛れるようにと。「あつ森」を、ゲーマーじゃない私がやっていて。

小学生の頃、次兄が家でファミコンでゲーム（スーパーマリオブラザーズ、ドラゴンクエスト）をやっていて、私も挑戦したのだが、まひがあるため思うようにできず、時々ふてくされて半泣きだったのを思い出す。

やり始めて、やらなきゃいけない気持ちになってきて、ゆっくりと熱が冷めて。

今年に入ってまだやっていない、あの森は一体どうなっているのやら……。

もしや、ジャングル？

ご　五本指靴下

母に「五本指靴下って体にいいらしいよ」と話したときのこと。

当時、私は中学生だったと思う。

翌日なのか数日経った後なのか忘れたが買いに行く発想がなかったのか、もったいないと思うのか、家にある靴下を指の形に縫えばいいと考えたんだろうけど。

母にとって忙しい朝に思い出したのか？　苛立ちながら私の足の指をグッと持ち……指の間目がけて針をブスッと。

「痛っ！！」

「お母さん、痛いんだけど」

状態を説明すると。

靴下を履いた足の指を開かせて、針をね。

『それってさ、靴下に足を縫い付けちゃうらぁ』

『何かおかしい……ん？？　まず五本分に切り分けるんじゃないの？』

『ん？　既製品でしかもジャストサイズなのに切って五本分に縫ったら絶対小さくなるよねぇ』

いろいろなことを私は思った。

多分気づいたんだと思う。

確か完成していないから。

真面目にやってるんだけど思い出すたびに笑える。

面白い母だ。

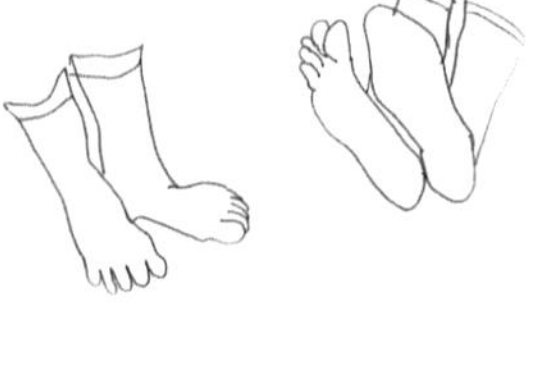

ご　呉服屋さん

成人する時期を一年間違えた父。「上下別れた着物があるらしいぞ」教えてもらったようなことを言って帰ってきた。

「別れたやつ、私はやだなぁ……お父さん来年だよ？」

まぁ早めに準備すればいいかと思って父と一緒に呉服屋さんに行き、ずら〜っといろいろ出してもらった。父は予算を私が行く前に伝えていたのか、値切りまくっていたようでその場にいた社長が担当者の女性に予算を確認したときに何回も「う〜ん、もうちょっと、う〜ん、もうちょっと」と、首を横にどんどん値段が下がっていき社長が内心何を思っていたのか私は気になって仕方なかった。新車を短いスパンで買い替えていた父。『あのお金を貯めときゃ良かったんじゃないの？』と昔のことを思い出した私。グッと抑えたけれど。

早めに用意したおかげで祖母に晴れ着姿を見せられたから良かった。

「あっちゃんにはお母さんがおらんからかわいそうだ」と言って泣いていたけれど、『おばあちゃんの方が、かわいそうだよぉ』と思いながら「大丈夫だよ」って返した。母がそこにいたら絶対うるさいぐらいにぎやかだったと思う、おばあちゃんが。

もし、まだ母が元気で私の晴れ着姿を見せていたら、多分だけど母は一人になってから泣いてたかもね。とにかく私には厳しかったから。


始めは勝手が分からず着付けに三人掛りだったのが、お互いに慣れてきて女性一人になり、おしゃべりしながらとか。当時小学生だった社長の娘さんが着付けてくれたこともあって何だか複雑で『私はできないのにすごいなぁ』と自分が恥ずかしくなった。

脱ぐのも大変だからと、帰りの時間も伝えておいて閉店時間を過ぎていたのに対応してもらえてありがたかった。


母の着物を仕立て直してもらったけど着ていない。

実家にあるものと、呉服屋さんに置いてあるものがあるけれど、自分の着物、十五年は着ていない。

久々に行くとして私のことを覚えてくれているのかどうか。何から話そう。

娘に着せられないしリメイクした方が良いかなぁ……。

㊒ パンケーキ・ホットケーキ

色々乗せてあるパンケーキは、絶対に無理な私だけど。

週末の朝ご飯に焼いてくれるホットケーキは昔から好き。ほんのり甘い、シンプルなのがいい。

メープルシロップはいらない。

父は焼くのが上手だった。やっぱり週末だったね。しっかり混ぜるのが大事だと父は言っていた。だけど昔のこと過ぎて忘れていると思うけれど。

子どもの頃から好きなものが変わってないのかな？　〝パティシエへの道〟の途中でいちごタルトばかり作っていたとき「おい、敦美タルトの作り方教えてくれ」と言ってカラオケ仲間が家庭菜園で作ったいちごを持ってきたことがあった。自分が食べなくていいんだったら作れる人。家族の中で私だけ。

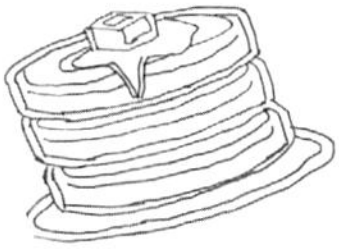

㋪ ぴよぴよ

お出かけしたときに私の前を行く夫が「こっちだよ」って後ろ手に〝おいでおいで〟と言う代わりの手の動き。

それをするたびに「ぴよぴよ」って一回は言っている私。

三人だった頃からだから癖になったかな？

小さなことだけど、思い出に結びついているかわいい動作の一つ。

ぷ　プーさん、いつまで？

プーさん好きの私。

ゴミ箱とか食器、電気カーペット、ぬいぐるみでも一つあればよかったんだけどねぇ……。

夫と知り合ってから増えちゃって。

買ってきてくれるからディズニーショップで店員さんに「プーさんお好きなんですか？」と聞かれる始末。


もこもこズボン、トレーナー……。かわいさ云々より機能性、着脱が楽かどうか。

だらしない人に思われるかもしれないけど、着替えはヘロヘロになるから。

ズボンを履くって大変なのだ。

「外に履いていけるデザインにしてね」と最近はお願いしている。

これだけ家にプーさんがいたら、りゅうちゃんも覚えるよね。

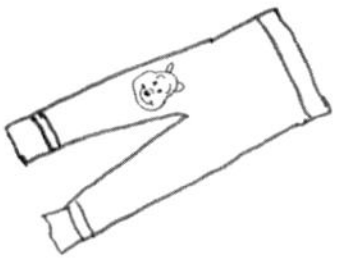

ぺ　ペロ大事

トイレについてきた（泣くから開けっ放しにしておく）、りゅうちゃんは私を見ていて、どういう動きや遊び方をするか分からないから、そばに掛けてある手拭きタオルを「ママに渡して」と言ったら、

「ペロ」してから渡してくれた。

ペロ今、いる？　って思うけど。

面白いよね。

味？　確認大事だもんね！　りゅうちゃん。

㋬ ぺらぺら

「人見知りなんだよ」

言っても半笑いで信じない人がいる。よくしゃべる私しか見たことないもんね。緊張してたり様子を窺ってるうちに、発言のタイミングを失ったり「ヨシ言うぞ、今日は言ってみようと気合いを入れてきたけど、別の人に先に言われちゃったとか。

言えなかったなぁ……。

息が荒くなっちゃったなぁ。

唾飛んでしまったな嫌だなぁ。「唾出とるやん……」ってみんな思ったかな？　とか。

三人で話してるときにしゃべりすぎてるのは絶対に私だったなぁとか。

いい大人になっても帰ってから、めちゃくちゃへこんでるんだけどね。

㊯ ぽんさん

「ぽん！　で返事しとらん？」➡「お腹叩いて返事してる？」

「そんな訳ないよ」（笑）

「ぽんさんだよ」

➡「ウンが出てないからお腹パンパンパンだよ。

➡「食べ過ぎてお腹パンパンだよ」

私たち夫婦だけに通じるんでしょうね……。

脳性まひって何なの？ ～私の場合～

私の障がいは「脳性まひによる体幹機能障がい」で「痙直型の両まひ」らしい。

友達を見て、同じ障がい名でも違うのは分かるけれど、〇〇型とか分類されているそうで二十歳ぐらいまで、自分がどのタイプなのか知らなかった。気にしてなかったのに……。

当時の職場の同僚（当時、仕事をしながら相談員をしていた人）に言われた一言で急に不安になって小さいときにお世話になった理学療法士に連絡した。

✤ 脳性まひって何なの？　～私の場合～

あたしってさぁ、知的障害なの？私は違うと思って今まで生きてきたのに〝知的障がいなんだよ〟って言われて、親にも言われたことが無いのに、ショックで頭から離れなくなっちゃった。

脳性まひには、知的障害と身体的な障がい両方ある子もいるし、身体的な障がいだけの人もいる。知的障害の人は療育手帳を持っているけれど、あっちゃんは、持ってないでしょう？

持ってないよ。身体障がい者手帳だけだよ。

障がいのある人と関わる仕事をしている人が何でそんな、親から聞かされていないことを言ったり、しかも勘違いするなんてこと、あっていいの？

間違って捉えてる人いることも事実だけど、あんまり気にするなよ。

予定より二カ月も早く未熟児で生まれた。

一三〇〇グラムあって、母の話によると黄疸が出ていたらしい。

私の場合は上肢も下肢も両方にまひがある。

自分の思うように動かせないという意味であり、全く動かないわけではない。

「あっちゃんは、下肢の方がまひが強いね」と。

だから、独歩はできない。何もなしで立てない、歩けない。


車イスに乗っているから下肢（分かりやすく言うと脚）だけだと思い込んでいる人も多い。

私の場合の、

「できること」

「調子が悪いとできない」

「設備が整えばできること」

「できないこと」

を挙げてみました。

☘ 脳性まひって何なの？　～私の場合～

一、筋肉のこわばりが強い・体が固い

後ろに椅子があれば、そのまま座れるそれくらいの角度で膝が曲がっています。

＊健常な人の体の固さとは違います。

車イスに座った状態で、下から引っ張り上げる（背筋測定器）背筋測定は得意でした♪


力が勝手に入ってしまう。

力が入るとなかなか抜けない。

脚を上げるなら「脚」だけに力を入れるところを、首や肩など勝手に力が入ってしまう。


腕が真っすぐ上がらない。

腰や背中に届かない。

右の手首が固いため片手でしか顔が洗えない。

胡坐をかけない。

・脚を投げ出して座れない。
・仰向けだと起き上がれない。
（一般的な腹筋運動は不可能）
・体を傾けすぎるとバランスが取れないから倒れる。
・上体反らしできない。
・足首が（自力で）曲げられない・固い。⇒ブレーキ・アクセルは踏めない。

二、動きが遅い・筋力が弱い

着替えもトイレも遅いです。時間がかかります。

待ってもらえるとありがたいです。

「早くして！」は
心の中では泣いています。

・何もなくても転ぶ。
・姿勢維持が難しい
・膝が曲がったまま。人の力で伸ばせても一時的にほぐれるだけで、バネのようにすぐ戻ってしまう。

つかまり立ちもゆっくり
座る時もゆっくりです。
特にズボンの上げ下げは必死です。

・抱えてもらって急に手を離されると転んでしまう（私がいいよと言うまで支えてもらうようにお願いしている）
・四つ這いでも転ぶ
・座っていても転ぶ

・寝返りがかなり遅い。
・座位➡膝立ち
膝歩き、すべての動作が遅い
（自分としては急いでいる）

三、体幹が弱い

体育座りができない。ということは……。

爪切り・靴を履くのは、この体勢でなければできません（イラストを見てください）。

　よかったら、この体勢で爪を切ってみてください。

＊かわいいからではなく（笑）ぺたんこ座りしかできないんです。

　バランスを崩して後ろに倒れて頭を打つこともあり

私の場合は、
座った状態で靴を履く。
さっと足が入らないことが多い。
左足が特に入りにくい。
＊同じ痙直型で両まひの友達は体育座りで履く。分類としては同じでも人それぞれ違うところがある。

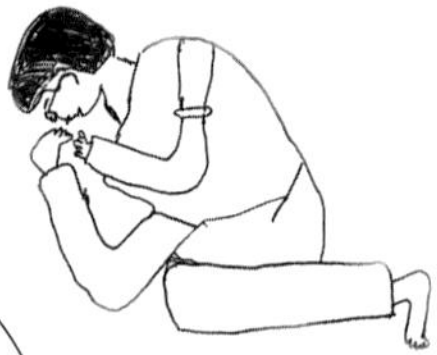

足の爪切りは、体を横に倒す体勢で座って切るので、無理な体勢のため腰が痛くなり、ヘトヘトになってしまう。

ます。

〜着替え〜

横にかなり引っ張らないと履けないため生地が柔らかい方が履きやすい。

〜なぜなら〜

着替えも、この体勢です。

横に広げるしかないので大変です。

左側の股関節が固いからです。
履くまでに５・６分かかることがあります。
完了する頃にはヘトヘトです。
疲れていたり、急がないといけない時、人間ドックのときは体力を温存するために手伝ってもらいます。

・床に座る。
・左脚から（ズボンも下着も）。
・倒れないように壁やベッドにもたれる。
・足が伸びないからズボンを引っ張る。
・右脚へ、つま先すら入らない時もある。
・やっとのことで踵へ、引っ張る。
・膝立ちしてウエストまで上げる。

上肢に比べて下肢のまひが強いと……。

（私の場合）〈不思議ポイント〉

・イスに座ったときに脚が開いてしまう。
・うつ伏せになったときも勝手に脚が開いてしまう。（膝も曲がったままなので「すごい格好だね」と言われてしまう。開いてはいけない状況にある場合（写真撮影）は縛ってもらいます。

もっと開いているときもあります。

仰向けになると……
勝手に右腕に力が入り、上に腕が上がってしまう。上がっていれば力が抜けてくるが、更にしゃべるとまた勝手に力が入ってしまう。

「びっくり反応」（過剰な驚愕反射、健常な人と違うのは過剰なんです）。なかなか理解してもらえない。

なぜ怒られるの？

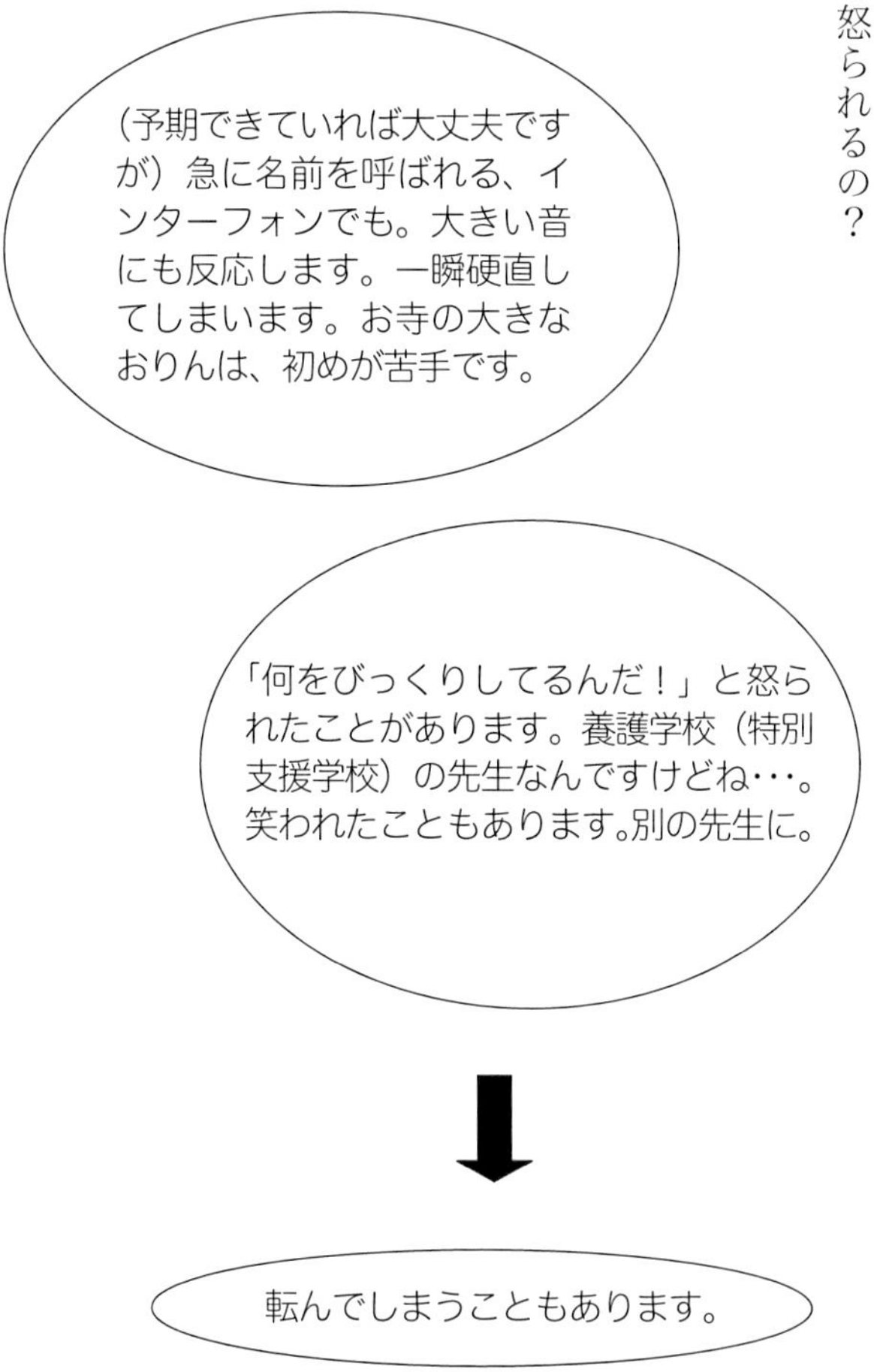
（予期できていれば大丈夫ですが）急に名前を呼ばれる、インターフォンでも。大きい音にも反応します。一瞬硬直してしまいます。お寺の大きなおりんは、初めが苦手です。
「何をびっくりしてるんだ！」と怒られたことがあります。養護学校（特別支援学校）の先生なんですけどね…。笑われたこともあります。別の先生に。
転んでしまうこともあります。

更に細かく言うと……。

　筋緊張、首に余計な力がだいぶ入っていると思います。

　でも……。

　筋力が弱いので「ここで力を入れて」という場合、そんなに入らないんです。自分の思うように力を入れたり力を抜いたりができないということです。

　みんなが注いでいるとドキドキで……。

「え？　開けれるのに注げないの？」

　やってほしいと頼んだら鼻で笑われたんです。

　できるように見えるのも、つらいときはあります。障がい者は、何もできないと思われるのも悔しい。

　ジレンマがあります。

　だから、まずやってみる。

　ゆっくりでもできるか、疲れるか、始めからお願いした方がいいかを判断します。


缶・柔らかいペットボトルには△です。

できるとき・できないときがあります。

潰れそうなくらい力を入れないと開かず、吹きこぼれそうで苦手で開けてもらいます。


蓋は開けれてもコップに注ぐのが苦手で、キープできずに「びっくり反応」が出てきたり。こぼれます。首がパンパンだと思います。

・お握りが、そーっと持てず落としそうになるので実は筋緊張と闘っているので疲れる。
・アイスクリームはカップだと助かります。
ソフトクリームの場合「お皿ありますか？」と聞くことがある。

〜「こんなふうになるの?!」〜その①

・肩関節周囲炎（四十肩）二十七歳！　B'z のライブの翌朝、激痛で起き上がれない！　ハジケ過ぎではなかったんです！
寝返り・着替え・四つ這い・立ち上がり・車イス（当時は手動）がこげない・車の運転ができない（ハンドルのノブが半分しか回せない）など。痛みが消えるまで三年かかりました。今でも気温の変化や使い過ぎると出現します。

〜「こんなふうになるの?!」〜その②

冬場でした。指がくっ付いて筋が痛い！　もみほぐせば数分で治まるんですが。

片手だけのときもあれば……。このイラストは「痛い、痛い」と言いながら記録のために書いたものです。突然、交互にピキーッ！と両手じゃ、もみほぐすのもきつい。焦りました。一度、

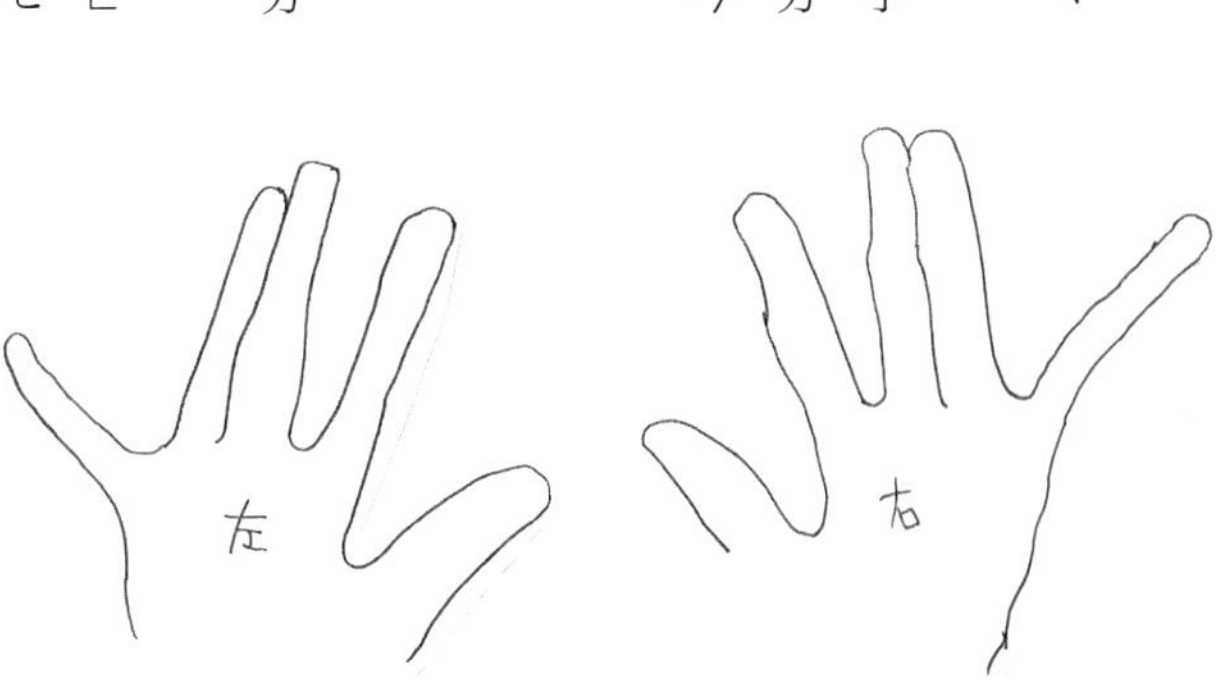

運転中にピキーッがきました。痛いし手を離せないし。
最近は、梅雨時も出現することが。

通常がこちら。指はくっ付いていません。

とはいっても、
紙の上に手を置き書いている間、右手首には余計な力が入っていて少し浮いています。利き手は左手。利き手と言うか、右より動かしやすいから結果的に利き手だね！　という感じです。

大きさ違う？　太さが違うのは確かで、右手は使いにくいので少し細いです。
昨日、改めて見て「えっ？　右手小さっ！」とびっくりしましたが曲がってしまうので小さく見えるのかもしれません。

力が入ってこんなふうになります。関節が曲がってくっ付いたままになります。

痛いときもあります。

手首を振ったり、もめば力は抜けますが。

仰向けになったり（歯科検診やレントゲン検査のときなど強い筋緊張のせいで全身バキバキに凝ってしまって疲れています）。

体勢を維持しなければいけないので難しいです。歯科検診では「鼻で息できる？」って（苦笑）。右手も首もパンパン。勝手に力が入ってしまうんです。頭の位置をキープする・口を開け続ける・鼻で息をする。三つを何とか頑張っています。怖いわけではなくて……。難しくて。

しゃべり始めるとまた力が入ります。

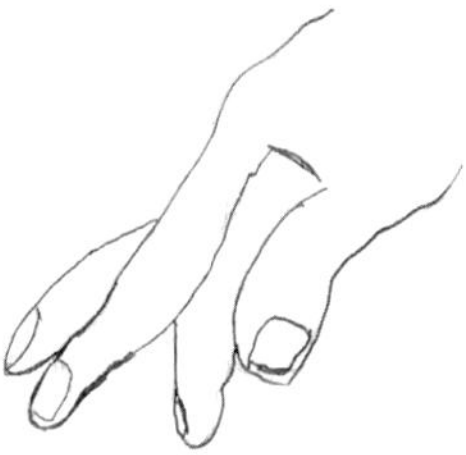

両手の指は５本あるんですけれどね……。
大体、中指と薬指の関節が痛いです。

座って話し始めて、力が入ったら車イスのパーツやクッションを握っていたりします。自分としては話すことに集中したいので筋緊張を一先ず抑えるため握っていることがあります。

人前で話すときのドキドキから、こうなることもあります。筋緊張と、あがり症が同時に出ちゃう（笑）。

ですから〝筋緊張〟って紛らわしいというか、

「今はそっちの緊張じゃありません」と言うときもあり笑ってしまいます。

雨の日が大変なんです。傘はさせません。

合羽（ズボン）を直に履いて出発。

直じゃないと暑くて汗だくになるからです。

膝サポーターは必須です。

元からヨタヨタした動きの上、雨で車体は濡れているのでつかみにくいため、より慎重になります。

このとき、声をかけてくださることが多いです。

〝びっくり反応〟でお互いに謝ってしまうこともあります。

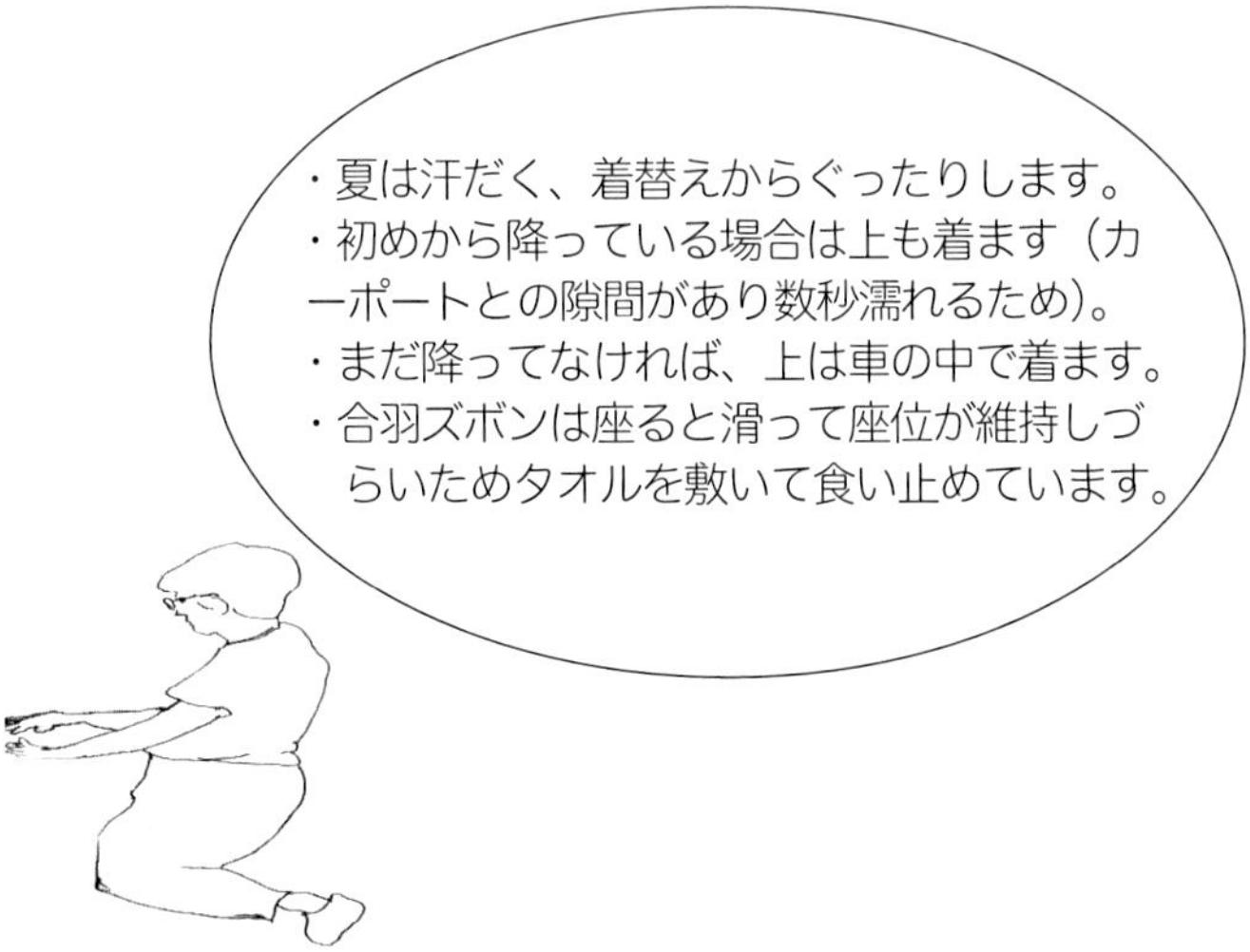
・夏は汗だく、着替えからぐったりします。
・初めから降っている場合は上も着ます（カーポートとの隙間があり数秒濡れるため）。
・まだ降ってなければ、上は車の中で着ます。
・合羽ズボンは座ると滑って座位が維持しづらいためタオルを敷いて食い止めています。

「大変そう……。何か、手伝った方が良いかなぁ……」

「何かお手伝いできることありますか？」

「……！！」

「ごめんなさい！　びっくりさせちゃって……」

「こちらこそ、ごめんなさい！　……じゃあ片手貸してください少しだけ支えてください」

「はい！！　ゆっくりでいいですよ、他にはありますか？」

雨の日はもっと時間が掛かります。

転んじゃったら私は頭を打つ可能性が高いのです。

元からゆっくりだけど更に動きが遅れる⇓体が冷える⇓トイレに行きたくて限界。帰るとグッタリです。

だから入り口のそばに駐車したいわけです。

でも、すでに車が停まっていたり、健常者と思しき方がダ〜ッと走って車に乗り込むところを見ると……。

障がいとの付き合いも長いですが「走れる脚、いいなぁ」と思う私です。

トイレも大変なんです、いつも以上に合羽は脱ぎにくい！

「まだですか⁉」って、涙、涙。キレちゃう方がときどき……。いらっしゃいます。

みんなが気持ちよく暮らせる社会にしたいですね。

設備があればできるのが……

トイレやお風呂に手摺りを付けたり（福祉用具）福祉サービスを利用すれば一人暮らしができます。私は二十歳からスタートしました。

体力の消耗をすごく感じるようになり三十代からは、ヘルパーさんに週二回二時間ほど「家事援助」をお願いしていました。お風呂掃除、夕飯の支度など。

結婚してからは、疲れたら夫にお願いしたり（品数を減らすなど）。

車イスの高さにあったキッチンにしたことにより料理しやすくなりました。

パン作り用に作業スペースも設けました。

車の運転
＊福祉車両でアクセル・ブレーキは手動式のものに限る。
＊代車はないため
修理で万が一延びると困る。

・自分の家なら一人でお風呂に入れる。
（実家の風呂は出られなくなったことがあり危険で止めた）
・手摺りが無い、浴槽の高さや深さが自分に合わないと不可能。（一人旅のときはシャワーだけにしていた）

「カッコよくして」と、貪欲になった結果このような仕上がりになった手動車いす
写真は四台目の手動車いす。
作ってから十年を超えた。タイヤだけ交換して家の中だけ使っている。
年季のはいった「ベンツ」。なんてね！

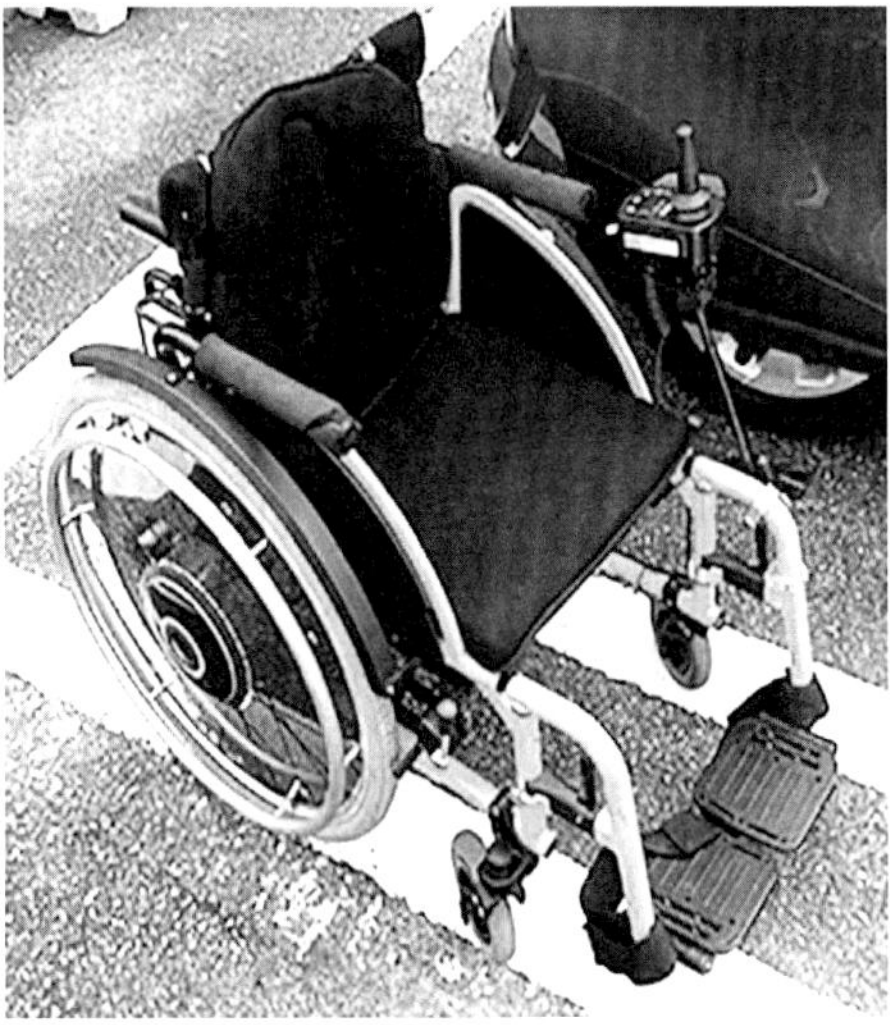

妊娠を機に申請した電動車いす。
「きれいなピンクですね！」とよく言われます。長い付き合いになる“相棒”なので色もこだわります。蛍光色の方が夕暮れ時・夜間でも安全です。

「コックピットに見えるね！」って初めて言われました。

手動式のアクセル・ブレーキ
切り替え可能で、すぐ移動させたいなど、健常な人が運転できるようにフットブレーキは付いた状態です。

手動車いすの重さも、ものによって異なります。

私が現在、家の中で使っているのは約１２kg です。

妊娠する前までは手動車いすを使用しており、車も吊り上げるリフトも小さいタイプでした。

コンパクトだと扉も軽く“届くってうれし～”

小柄な私の体格には合っていましたね。

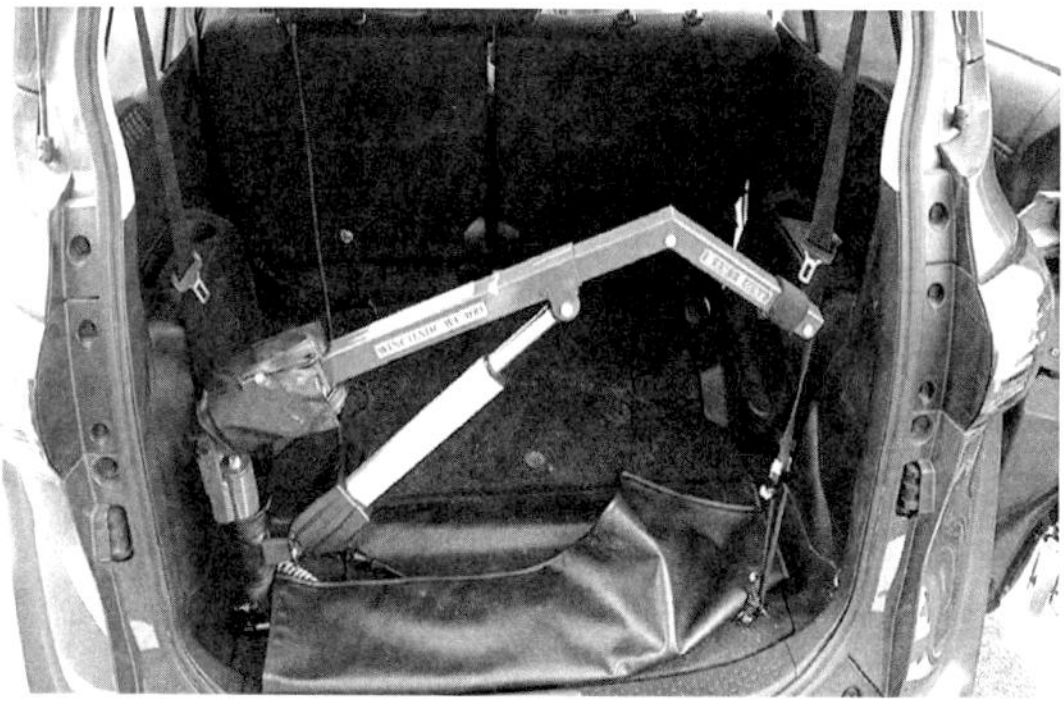

運転席の写真とウィンチェアの写真

リモコンでリフト（ウインチェア）を操作し車イスを上げ下げします。

手前に引き出したり、中に押し込むのは人力です。

あとがき

今回は切り口を変えました。あいうえお順にしようと最初に思ってネタ帳としてメモ帳を買い、あいうえお順に想起させてネタ帳に書くところから始めました。ときには入浴中、髪を洗っているときに思いついて忘れない内にとスマホのメモに入れたこともあります。一晩経ったら忘れそうで……。

（前作は思っていることをまず原稿用紙に書いてから、時系列順に印を付けてパソコンで清書しました）

できるだけやわらかくなるように挿絵を入れてみよう、それは楽しく読んでいただきたかったからです。

文章は早く書けたのですが私、絵が苦手でありまして……。

特殊な体勢や、車イスの骨組みは苦戦して呪縛のようでした。

「その人らしさ」ということで、皆さまに伝わっていることを願います。

かるた風エピソードも相方（障がい）についても全体を通して〝トイレ〟というワード

が多いことにあらためて気づきました。障がいがある人にとってそれだけ〝トイレ〟は切実な問題があるということです。

障がいを持った原因については私自身は知りません、はっきりとした原因は恐らく分かっていないのだと思います。新薬の開発や治療、研究については専門の先生にお任せして、（脳性まひの学会に呼んでいただければ、当事者としてどれだけでも話せる自信がありますが）私が自分の言葉で〝脳性まひとは？〟を伝えるとしたら、健常な人たちに向けて説明するとしたら、できること・できないことを伝えた方が分かりやすいのではないかというのが私の考えです。普段どんなふうに体を動かしているのかをイラスト付きで書きました。

大変、そんなに疲れるんだったら誰かに付き添ってもらうとか、家にいて買い物をお願いすれば？　ネットで買えばいいんじゃないの？　とお思いになるかもしれません。確かにネットで注文（普段からよく利用します。特に推し活に）して配達してもらえれば助かります。でも、そこに足を運ばないと分からない変化があるし、人との関わりも少なくなります（コロナ禍になって、外出は極力市内だけにしているので会えていない友人も多くいます。「人と会って話すっていいな、大事だな」とあらためて思います）。外に出て私も〝知る〟必要があり、街で「見かける」のではなく「当たり前」にすることが大切だと思うからです。特殊に見えるかもしれないけれど、私にとっての通常はコレだよ、ということ。〝特別〟も時と場合によっては「本当にそれでいいのかな……」と思ってしまうこともあります。完全に理解できなくても発信することによって、知るきっかけになるのだと思います。そして障がいのある人のことに想像力を働かせていただけるとありがたいです。

確かに〝何でもできる〟わけじゃないけれど、一つもできないとも言い切れない。寝たきりの人であってもいろいろなことを感じとっていると思うのです。

「行きたい時に行きたい場所に行く」当たり前のことが、誰かの手を借りなければ当たり前にできない人もいるのです。そのような方を支援するために福祉サービスがあるのです。ヘルパーさんと一緒なら外出できるけれど時間に制限があったり、タクシーで乗車拒否されたり、飲食店で入店拒否されたり、車いす使用者専用駐車スペース（杖をついた方や臨月の妊婦さんも駐車していいと私は思います）に空きがなくて、仕方なく遠くに停めて、手動車イスをヒーヒー言いながらこぎ、（雨降りだったらもっと大変です。合羽は視界が狭くなり、めちゃくちゃ暑いのでたどり着く頃には汗だくで髪ボサボサで息切れしていたり、汗をかいているからトイレ・脱ぐのが大変で、そういうときに限って「まだですか⁉」と半ギレされて必死で謝りながら出たらその方に謝られ・またあるときは、キレながら、別のトイレに向かったか何かで開けた瞬間いなかったとか）駐車スペースの前まで来たら小走りで車まで戻ってきて私に気づくと人によっては「すみません」と言ったりお互いに苦笑いしたり、お孫さんを連れた優しいであろう男性が店内へ入るところを見てモヤモヤしたり。いろいろなことがあります。「車イスは楽でいいねぇ。私も乗りたいわぁ」と人生で二度言われたことがあります。さっと言葉が出なかった私。大変な思い、嫌な思いも不便も外に出なければ経験できません。自分が試されているのかもしれませんね。

「その脚はどうされたんですか？」「大変ですね……」「どうお手伝いしたらいいの？」「考えたことがない」など、様々だと思います。障がい者のための国際シンボルマークを見たことがない人もいるんです。

むか～し、モヒカン刈りの男子に「バンドのステッカーだと思って」と言われました。私は車の運転ができるけれど、車イスの上げ下げがあるからドアを大きく開かないといけないし、前後にも余裕がないと車いすが通れないことがあると説明しました。最後に「そのためにステッカー貼ってるんだわね、覚えてね！　よろしくね！」と言って帰った記憶があります。

運転免許試験場で講習を受けたとき、初心者ではないと思うのですが、シンボルマークを見たことがない、意味を知らないという人が数名いたのです。この世に生を受けてから長いこと〝障がい者やってる〟私でも聴覚障がい者マークを街で見たことがないんだから無理もありません。教習所だけでは忘れてしまうと思います。

障がいを持つ人のことを知ってほしいけれど、「障がいとか、大変だとか、そればっかり書くのはなぁ」とも思うんですよ。

みんな思い悩むものだと、私の場合で言えばもめたり、子どものときは虐めにあったり、大人になったらこじれたり、やっとの思いで結婚して親になれたけど三年で育児が終わっちゃって。こんなつらい経験をするなんて……。笑っていたら、ふと我に返ってすごく寂しくなったり。とにかく時間に任せて夫も私も惰性で過ごしているところがあります。

でも惰性ではあるけれど、「今日は笑って過ごせたじゃん」という日も確かにあって、その一日一日のやり取りをかるた風エピソードとして間に挟みました。

長く生きていれば、いろいろなことがあるもので、そういう点では健常者も障がい者も関係ないですよね！

読んでいただき「あぁ、自分とそんなには変わらないんだな。街で見かけたら声をかけてみようかな」と少しでも感じていただけたらと思います。

次は何を書こうかな……。お待ちいただける方は、よろしくお願いします。

知ってほしい相方《しょうがい》さんと日曜日が嫌いな私のこと

2023年6月28日　初版第1刷発行

著　者　山本敦美
発行所　株式会社牧歌舎
〒664-0858　兵庫県伊丹市西台1-6-13 伊丹コアビル3F
TEL.072-785-7240　FAX.072-785-7340
http://bokkasha.com　代表者：竹林哲己
発売元　株式会社星雲社（共同出版社・流通責任出版社）
〒112-0005　東京都文京区水道1-3-30
TEL.03-3868-3275　FAX.03-3868-6588
印刷製本　冊子印刷社（有限会社アイシー製本印刷）
© Atsumi Yamamoto 2023 Printed in Japan
ISBN 978-4-434-32143-6 C0095

落丁・乱丁本は、当社宛にお送りください。お取り替えいたします。